細い赤い糸

飛鳥高

論創社

細い赤い糸

目次

「細い赤い糸」校訂について

「細い赤い糸」は、光風社の書下ろし初刊本（昭和三十六年三月・刊）を底本とし、適宜、講談社文庫（昭和五十二年十二月・刊）と校合して誤植の訂正、語句統一をおこなった。

漢字表記や単語表記については初刊本の表記を遵守しつつ、講談社文庫版が望ましいと思われるものは同書の表記を採用している。

（例）噂さ　↓　噂
　　追求　↓　追及
　　帖　↓　畳
　　ハンバーク　↓　ハンバーグ

初刊本では〈水力公団〉と〈水道公団〉が混在して不統一だったが、本書では、著者に確認を得たうえで講談社文庫版と同じ〈水道公団〉の名称に統一した。

〈関山秘密探偵事務所〉と〈関山秘密探偵社〉の混在については、講談社文庫版でも統一されていなかったため、著者校正によって後者に統一した。

細い赤い糸

主要登場人物

戸塚一郎……水道公団管理部検収課の職員
野村作次郎……T鋼管営業課勤務
佐々木……水道公団管理部検収課第一係長
樋口利男……家具職人の見習い。与太者
細谷……運送会社で働く青年
森井八郎……Dセメント経理部長、取締役
大友道也……Dセメント経理部勤務
国安敏子……大友の同僚
鹿島篤子……洋裁店のオーナー
関山信太郎……関山秘密探偵社の探偵
鳴瀬……川島病院の副院長。外科医
佐倉……川島病院の外科医長
川島……川島病院の院長
久野……警視庁捜査一課の古参刑事
田島……久野とコンビを組むS警察署の刑事

第一章　谷間の人達

1

日が少し長くなっていた。

駅の巨大なコンクリートの庇（ひさし）の下へ向って、勤め帰りの人の群れが、よく訓練された動物のように、四方の歩道から、信号のある所を横ぎって、集り流れこんでいた。

その流れは、ある独特のざわめきと、漠然とではあるが何か共通の目的を持っているような気（き）魄（はく）を帯びていた。集った流れは駅の端の方から庇の下へ入りこんでいた。その角に、カウンターの上に赤い電話器を幾つも並べた四角な小屋が建っていた。そして電話器と同じ位の数の人が、そのまわりに集っていた。

「……ねえ、ほんとに早く来てよ。いやんなっちゃうなあ、いつもあなたは遅くって。……うん、うん。……そんなことないわ。……じゃ先に行ってるわよ。……いやだなあ――また、そんなこと言って。……うん、……なに言ってんの、わたしは大丈夫。あなたこそ。……じゃ、入口の所で待ってるわよ。いやよ、あんまり待たしちゃ……」

　黄色いセーターを着た、白いふくらんだ頬をした女の子が、受話器を置いた。その受話器をすぐ又別の手が摑んだ。女の子は、人の間をくぐり抜けるようにして、カウンターを離れた。

戸塚は、手に握って温くなっている十円玉を穴に落して、ダイヤルを回した。ブザーが鳴り始めると、彼は息を吐き出して、前を流れている人の群れに目を向けた。

　彼はまだ三十を越していなかったが、その目は、年よりずっとふけて、冷たい油断のない色をしていた。薄い唇の色は黒く、艶のとぼしい頬は、骨に貼りつくように凹んでいた。その全体として静かな顔は、彼が今まで一度も自由な場所で、自分の意志で仕事をやったことがなく、ただ大きい組織の中にひそんで、人のやった仕事を調べることで日を過して来たことを物語っていた。

　ブザーが止り向うの返事が出ると、彼は、

「ああ戸塚だがね」

と言って、暫く相手の反応を確かめるように耳を澄した。

「野村さん、いる？」

　相手が代った。戸塚は低い押しつけるような声で話し出した。

「ああ、あのね。これからちょっと会いたいんだがね。——え？　いや、ちょっとね、折り入って相談があるんだよ。こりゃ相当重大な問題になりそうなことなんだよ。……いや、緊急を要するんだ。……ほう？　……何だい？　弱ったなあそりゃ。家に急病人でもあるの？　……ふうん……そんならね、野村さん、ちょっと時間を割いて貰いたいな。え？　こりゃ仕事の話だよ。遊ぼうってんじゃないんだよ。そりゃね、あんたの方で、どうでもいいってんなら、まあ放っといてもいいんだけど、それじゃ、あんたの方が困ると思うんだよ。――だからさ、お互いに相談しようというんだよ。――電話じゃちょっと話せねえんだ。そんな簡単なことじゃないんだよ。おたくの商売に差しつかえることだと思うんだがね。今じゃ、おたくも大きくなったけれどさ、これで、うちに対する毎月何千万の仕事が止ったらどうするんだい。もううちの方なんかどうでもいいってんなら、それでもいいよ。……そうだろ？　……ああ、それもそうだし、今度納めてもらう鋳鉄管だって、まだ検査は済んでないんだからね。納期はこの二十日だよ。丁度一週間しかないよ。どうするんだい？　――うん、だからさ、それもあるし、ともかくこういう話はね、あんたでなきゃ話せねえんだ。いきなり、おたくの専務さんなんかに出て来られても、お互いに困るだろ？　え？　……うん。じゃね、いいかい。あそこへ行ってるよ。うん、うん――」

戸塚は受話器を置くと、周囲には目をくれず、静かな憂鬱そうな顔になって、ダスターコートのポケットに手を突っこんで歩き出した。彼は、駅から外へ向って、群集の流れの端を、それにさからって歩いた。

彼は、こちちに向いて歩いてくるおびただしい人に対して、全く無関心のようであった。群集の中では、彼の職権は何の役にも立たず、職権の役に立たない場所では、彼は興味を失うのであった。

タクシーの乗場に来ると、案内人がドアを開けた。荷物を持った中年の女が、駆けこむように戸塚を押しのけてその中へ入った。戸塚は静かに体を引いて、次の車へ乗った。

2

銀座の裏通りの、あまり目立たない構えの料理屋の前で、戸塚は車を下りた。迎えに出た女中に、

「頼むよ」

とタクシーの方に顎をしゃくって見せた。

店の中はまだ静かであった。彼は磨(みが)き立てられた廊下を女中のあとについて奥の方へ歩いた。

「野村君から電話があったろ?」

「はい、ございました」

女中は、小部屋の襖(ふすま)を開けた。

「すぐ、お見えになるそうです」

戸塚は、太い床柱に背をもたせて足を投げ出すと、タバコに火をつけた。女中が、蒸しタオルと茶を持って入って来た。

「大分お暖くなりましたね」

「そうだな」

と戸塚は答えた。

床脇の小窓から、夕陽が部屋の端に落ちて、畳の表は冷えていた。

「すぐお持ちしましょうか」

「まあいいや。野村君が来てからにしてくれ」

戸塚は、蒸しタオルでゆっくり顔を拭くと、それを籠の上へ投げた。

「相変らずお忙しいんですか」

「まあね。いろいろあるからね」

「もうおっつけいらっしゃるでしょうから、暫くお待ち下さいませ」

女中は、タオルを持って部屋を出て行った。

戸塚は、沈んだ静かな目を、反対側の茶色の土壁の上に向けて、タバコの煙を吐いていた。

彼が一本のタバコを喫い終らない内に、襖が開いた。

「お待たせしました」

野村は部屋の隅に古ぼけた鞄と、デパートででも買ったらしい大きい箱の包みを置くと、戸塚の前に坐った。そしてポケットからタバコのケースを出して卓の上にのせると、

「何かあるんですか」

野村は、さも驚いたように目を見張り、陽に焼けてあまり生気のない面長の顔を、戸塚の方に突き出した。垢じみたワイシャツのカラーに皺が寄って、紺色の古い細いネクタイが、ぶら下っていた。そして節の太い指でタバコを抜き出すと、卓の上をとんとんと叩き出した。

「まあ、そりゃゆっくり話すよ」

「そうですか。何か重大な用事のようなお話でしたが」

「まあ、そうだよ」

戸塚は、卓の上に皿を並べている女中の方をちらと見た。女中が二人のコップにビールを注ぐと、野村はそれを目の前に上げて、

「――どうも」

と呟いて機械的に口へ持って行った。戸塚は黙って頷いた。そして暫く二人は、何も言わずにゆっくり、飲みながら、箸を動かした。

「ちいちゃん、ちょっと悪いけど、あっちへ行っててくれないかな」

暫くして、戸塚が女中にそう言った。女中が去ると、戸塚はビールの半分程入ったコップを眺めながら、ぼっそりとした声で切り出した。

「M工業が挙げられたのを知ってるだろう?」

「ええ、新聞に出てましたね、二三日前。××省の係長と一緒に――」

野村もコップを置いて、両方の手を卓の下に下げた。

「今問題になっているのは××省の件なんだけれど、実はウチの方でもM工業と関係があるんだよ。あの業者は外交が派手で、それでのして来たようなもんなんだ。それで昨日うちの契約課の係長が警視庁へ呼ばれて事情を聞かれたらしいんだ」

「芝田さんですか」

「そうなんだ。べつに拘留されたわけでもないんだけれど、警視庁じゃ内偵を続けているらしいんだな。芝田さんが調べられるとなると、おれんとこの係長も危いんだ」

「佐々木(ささき)さんが？」

「そうなんだ。うちの係長もM工業とだいぶ深いつき合いをしているんだよ。俺はちゃんと知ってるけどな」

「――そうですか」

野村は、内心の衝動(しょうどう)を隠すような薄笑いを浮べて卓上の一点を見ていた。

「うちの係長が、調べられるとなると、これはM工業だけじゃ済まないよ。肝(きも)っ玉の小さいお年寄だからね、ちょっと威(おど)かされたら、みんな吐いちゃうと思うな。おたくだって、相当やってるだろう？　あの人に――」

「大したことはないと思いますがね。わたしはあの方とはあまりつき合いがありませんから」

「おたくの営業課長がよく来てるよ」

「ええ、そりゃね――」

「××省の係長がぱくられたんだって、せいぜい二万や三万の金のことだぜ」

「まあ、しかしわたしの所は万一のことがあっても皆さんにご迷惑のかかるようなことは致しませんよ」

「そこなんだ。そこを何とかうまくやって貰いたいんだよ。そうなりゃあんたの会社としても浮沈の瀬戸際(せとぎわ)だと思うんだよ」

「そうですよ」

「よく相談して、一応手を打っておいて貰いたいんだ。変な証拠になるような書類は焼き捨てるかなんかしてだね。あんたなんかメモみたいなものを持ってたら、そういうものも焼いて貰いたいな」

「そりゃもう大丈夫なようにしておきますよ」

「しかしなあ――」

戸塚は考えこむように、ビールの瓶を取って野村のコップへ注ぎ、自分の方にも足(た)した。

「僕はね、佐々木さんの方から、相当いろんなことが出てくるんじゃないかと思うな。相手は警察だしね」

「大丈夫ですよ」

野村は呟(つぶや)くように言った。

「大丈夫って、野村さん、ほんとにそう言い切れるかね。あんただって警察の取り調べを受けた経験はないだろう?」

「そんなことを今からびくびくしててもしょうがありませんよ。――ひとつ景気よく飲みましょうや」

「しかし万一のことがあると、大変なことになるぜ」

「分ってますよ。なにも恐れることはありませんよ。わたしの方は公明正大ですよ」

「あんたは、そうだろうよ。別に責任者じゃないんだからね。しかしあんたの上の課長さんや、専務はこれだぜ――」

戸塚は両手を前に組み合わして見せた。

「野村さんよ。自分が大丈夫だからって安心して貰っちゃ困るよ。会社が潰れりゃあんただって困るだろ」

戸塚は縁の赤くなった目を怒ったように尖らした。

「そりゃ勿論ですよ」

と野村は言った。

「僕は自分のことだけを心配してるんじゃないんだからね。みんなが困らないようにと考えてるんだよ」

「ええ、よく分ってます」

野村はそう言ったが、その声には何処となく面倒臭そうな、何かほかに気を取られているような響きがあった。戸塚は、その野村の顔を不満そうに見ていたが、

「じゃ、ひとつ飲むか」

と言った。

「それがいいです」

「よし、じゃ女共を呼ぼう。今日は一日くさくさしてたよ。ひとつ憂さ晴しに、徹底的に飲むかな、今夜は」

戸塚は、ごろっと横に体を倒して、帳場へ通じる電話器へ手を延した。野村は、それへ何か遠くのものを見るようなぼんやりした視線を送っていた。

3

戸塚が目を覚した時、部屋には彼一人であった。卓の上は綺麗に片付いていて、野村の姿はなかった。彼は酔の醒めた白けた顔をして、目だけが赤く濁っていた。

「――畜生――」

彼は掛けてあった毛布をはねのけて立ち上ると、廊下へ出て帳場の方へ行った。

「よう、野村君は帰ったのかい」

彼は帳場の入口の柱に寄りかかった。太った背の小さいおかみが目を細くして笑っていた。

「目が覚めました？」

「覚めたかじゃないよ。野村はどうした？　けしからん奴だ、あいつは――」

「あのね、野村さんは、どうしても今夜はお宅にご用があるんだそうですよ。それで戸塚さんがあんまりよくおやすみになっているものですから、先に失礼さして頂くと言って、お帰りになりましたよ」

おかみは、宥めるように語尾をひとつひとつ上げて喋った。

「ちぇっ、幾らも飲んじゃいねえよ。やつは俺に一服盛ってずらかりやがったんだな」

「戸塚さんは、いつも飲むとおやすみになるんだから――」

「それだけ純情なんだ。野村みたいな悪党とはわけが違う。――純情にして、前途あるちょいちょいんが、あだ。――おかみ、何時？」

「もう十時半ですよ」

「よし、――俺は帰る――」

戸塚は、おぼつかない足取りで柱の所を離れて玄関の方へ歩き出した。

「ちょっと、ちょっと――」

おかみは立って、戸塚を追いかけ、懐から白い封筒を出した。

「これ、野村さんが、あなたに渡して下さいって」

「――なに？」

封筒を取った戸塚の目に、ふと正気の現れたような光りが浮かんだ。便箋が一枚出て来た。

「――なに？　――本日は、止むを得ぬ用事があり、失礼ながら先に帰らして頂きます。あとは何分よろしくお願い申し上げます――か。ふん、何がよろしくだ――」

戸塚は封筒の中を覗いた。五千円札が一枚縦に二つに折って入れてあった。彼はそれを封筒ごとポケットに押しこんだ。

彼はおかみの方を振りかえらなかった。殻に閉じこもったような、暗い拒否の表情がその顔に現れていた。靴をはき、おかみの声を後に聞き流しながら、彼は表へ出た。

その道の所々には、表通りに面して立っているビルの背中が向いていた。それらは暗く寝静まっていた。そしてそのビルとビルの間に、ひっそりと小さな看板を出した、喫茶店やバーがあった。戸塚は少しふらつき気味の足を踏みしめ、まるで何ごとかにじっと耐えているように体に力を入れて歩いていた。

彼は目的を持って歩いているようでもあり、そうでないようでもあった。角を二つ曲って、橋に出た。橋を渡った所の建物の前に、赤い灯の入った看板が出ていた。そこの扉を肩で押すようにして彼は中へ入って行った。

薄暗く狭い店で、カウンターの前が後と同じ位に細かった。戸塚は二、三人の客の背中を、体を横にして抜けて奥の椅子に腰を下した。

「どうしたの?」

恵子(けいこ)が前に来て、手の甲(こう)に小さな顎(あご)を載(の)せた。

「何がどうしたんだい」

「元気がなさそうよ」

「――ふん」

戸塚はカウンターに肘(ひじ)をついて、頸筋をたいぎそうに撫ぜた。

「又何か面白くないことがあったの?」

恵子は揶揄(やゆ)するように笑った。頬骨が少し高目で、切れ長の目はいつも疲れたように動かなかった。

「面白くねえことばかりよ」

「そうらしいわね。いつも愚痴(ぐち)をこぼしてるのね」

「そうさ、愚痴をこぼすことがなかったら、誰もこんな店へこないよ。陰気で、狭くって、しけてさ。愚痴をこぼすためにあるんじゃないか。――お前達もな」

「愚痴を聞くためにいるの？」

「そんなもんだよ。――おい」

戸塚は声を低くして体を乗り出した。

「なによ」

「晩めし食ったか」

「とっくよ。何言ってんの」

「それじゃ、明日の朝めしを奢(おご)ってやろう」

恵子は黙って、戸塚の顔を見て笑っていた。

「気の利いた朝飯をサービスする所があるぜ」

「誰と行ったの？」

「誰とも行きゃしない。只、知ってるんだ」

恵子は黙って、ウィスキーのストレートを水を添えてカウンターの上に載せた。

「今夜は、誰かと一緒にいたい――」

戸塚はそう言った。

戸塚は看板になるまでそこにねばって居た。

そのあとで、恵子を誘(さそ)うと、タクシーで渋谷の近くのホテルに入った。新しい日本間の部屋であった。

床（とこ）に入ると戸塚は、顔を恵子の方へ向けて、自分が陥（おちい）っている立場について喋（しゃべ）り出した。それは一種情熱的な喋り方であった。恵子は俯伏（うつぶ）せになって、枕に顎を載せ、袋に入れて持って来たみかんの皮をむいて食べていた。みかんと、戸塚の話と、どちらに主に注意を向けているのかはっきりしなかった。

　しかし一方戸塚の方も、恵子がどれほど熱心に耳を傾けてくれているかということについては、あまり当てにしていないようであった。彼は天井（てんじょう）の隅の方に目を向けていた。

「――これで万一のことがあれば、俺の一生は終りだ。誰が救ってくれる――俺には何の取りえもない。役人をやめたらそれでおしまいさ――」

「だって、あなたはもういろんなことをやってるんだから、仕方がないわね」

　恵子は、爪を長くした細い指で丁寧に、みかんの実を出していた。

「俺がやろうと思ってこうなったわけじゃない。全てのことがからみあってこうなったんだ。たとえ俺でなくても、誰かが俺の立場に立てば、やっぱり同じことをやる。そういう風になって行くんだ。それは俺のためにそうなるんじゃない。上役や、業者や、みんなが生きて行くためにそうなっちまうんだ」

「佐々木さんが挙げられたら、あなたも絶対駄目？」

「駄目に決ってるよ。係長は俺のやってることをちゃんと承知して、見て見ぬ振りをしてるんだ。狸（たぬき）だからね。業者が調べられればその方からも出てくるだろうし――」

「上の人はやってないの？」

「やってるさ」

「佐々木さんは、上の人のことも知ってるでしょう」

「あの人は何もかも知ってるよ。上の連中は俺達よりもっとうまくやってるんだ。今年の正月課長の所へ遊びに行ったら、ゴルフのセットはあるし、テレビは勿論ステレオまであるんだ。それで学校へ行ってる子供が二人もいるんだ。課長の給料だけでそんなに出来るわけがないよ」

「じゃ、今直接危いのは佐々木さんだけ？」

「Ｍ工業と関係があるからね」

「あんたはないんでしょう？」

「Ｍ工業とはないよ」

「そうか――」

恵子は、何か納得（なっとく）したようにみかんを食べた。

「うまく行かないものね」

「馘（くび）になったら、何をやろうかな。恵子の所でバーテンに雇（やと）って貰おうかな」

「駄目よ、あんたみたいな人が来たら、一ぺんにお客が逃げちゃうわ。それよかさ――佐々木さんが自殺してくれればいいわね」

「――ふん」

「そうすれば一応あなたにつながっている糸はそこで切れるでしょう?」

「そうだろうな」

「佐々木さん自殺しないかな。よく汚職事件で誰かが自殺するじゃない。佐々木さんみたいな、気の弱い実直そうな人は案外死んじゃうものよ」

戸塚は黙って壁を見ていた。枕元のスタンドの水色のシェードの色が映っていた。暫く二人は黙っていた。戸塚はタバコを出して火をつけた。

やがてみかんを食べ終った恵子が、くるりと戸塚の方に体を向けて、肩をすぼめるようにして、彼の浴衣(ゆかた)の襟に手をやった。

「何をぼんやり考えているの?」

彼女は甘えるように囁(ささや)いた。

4

戸塚は電気スタンドをつけると枕元に置いていた腕時計を取って、恵子の横腹を押した。

「おい、起きろよ」

恵子は黙って寝返りを打った。

「おい、もう八時過ぎたぜ」

「八時? ——冗談じゃないわ。寝かせといて——」

ふとんの中で恵子はぐずった声を出した。

「俺は出勤するんだよ」

戸塚は床を出て、かけぶとんをまくった。かすりの浴衣を着たまるっこい恵子の体が転がっていた。雨戸を閉めカーテンを引いた部屋の中は暗かった。

恵子は不承不承起きると、浴室へ入った。湯の出る音がした。しばらくして、

「いいお湯よ、入らない？　――気持がいいわ」

恵子の高い声が聞えた。

戸塚は、雨戸を一枚開け、ふとんの上にあぐらをかいて、苦(にが)そうにタバコを喫っていた。

「折角誘ってくれたのに、案外情熱がないのね。――くるんじゃなかったわ」

戸塚は浴室の方に目を向けたが、何も言わなかった。

やがて恵子が出てくると、戸塚は入れ違いに浴室へ入った。

朝食には、トーストに、コーヒーや果物をつけたものが出た。戸塚は、女中に便箋(びんせん)と封筒を頼んだ。

「これが、気の利いた朝食なの？」

恵子はゆで卵の殻をむきながら言った。

「果物が古くなくて沢山あるところが、いいとこだよ」

「――そうね。コーヒーもわりかしいただけるわ」

女中が便箋と封筒を持ってくると、戸塚はそれを恵子の前に置いた。

「食べたら、手紙を書いてくれ」

「なんなの？」

「手紙だよ」

「誰に?」

「うちの課長に出すんだ」

「どんなこと?」

「まあ、先に食べちゃってくれよ」

食事が済むと、戸塚はテーブルの上を片づけて、恵子に万年筆を渡した。そして自分は床柱の所に行って背をもたした。

「俺の字は、課長はよく知ってるから、俺が書くとばれてしまうんだ。女文字じゃちょっとまずいけど、何れは誰かが代筆させたと分るだろ」

「何を書くのよ」

恵子は、タバコに火をつけながら、熱っぽい目をして戸塚を睨んだ。

「そう言わずに頼むよ。いいかい、万年筆を取ってくれ。——最初に前略だな」

「前略——？」

恵子は、万年筆のキャップを外した。

「前略——それから？」

「最近××省の汚職事件に対する当局の追求が、かなり厳しくなり——」

「ちょっと、ちょっと、おしょくってどんな字よ」

「汚物の汚に職業の職だよ」

「そのお物のおが分らないのよ」

「さんずいにさ、こう書くんだ」

戸塚は指を伸してテーブルの端に書いた。

「分らない字はかなで書いてくれ」

「——かなり厳しくなり、それから？」

「貴公団にもその手が延び、小生の知るところでは数日前、契約課の芝田係長が、警察に任意出頭を求められて、事情を聴取された模様でありますが——」

「もう少しゆっくりしてよ——」

戸塚は、タバコに火をつけた。

「ちょう取されたもようでありますが——？」

「そうそう。——芝田係長はM工業との関係において疑われているものと思えます。当局の狙(ねら)いはまさに的(まと)を射た観がありますが、このM工業と関係があるのは一人芝田係長だけではなく、貴課の佐々木係長にも同様の関係があるのであります」

「——あるのでありますーーか。いやにしゃちほこばってんのね。戸塚さんの文句にはとても思えないわよ」

恵子は、書くのを楽しんでいる風であった。戸塚はゆっくり喋った。

「ところが佐々木係長は、M工業だけではなく、更にT鋼管とも密接な繋(つなが)りがあり、納入資材の検査に手心を加えることにより、多額の金品をこの両業者から受け取っておる事実があります。

芝田係長に当局の手が延びたことは、佐々木係長にも遠からずその手が届くことを予告するものであり、もし佐々木係長の件が公けになれば、貴殿をはじめ、貴課員一同の名誉を失墜し、多大の迷惑がかかるものと考えられます。

　そこで、そのような事態にならぬよう、予め佐々木係長に十分の注意を与えられ、更に何らかの善後策を講じられるよう、警告いたす次第です――それだけだ。いや、ちょっとまて、警告じゃなくて、ご注意申し上げる次第です――としてくれ」

「ご注意申し上げる次第です――ね」

　恵子が万年筆をおくと、戸塚は手を延して便箋を取って読みかえした。

「とりあえず、これでいいだろ。それから、封筒の表に、うちの役所の宛名を書いてくれ。管理部検収課長山村進様だ」

「だけど、これ出してどうするの？」

「ひとつの布石だね。どうなるかその時の情勢次第だ。課長は、芝田係長が呼ばれたことは知ってるだろうから、内心心配してると思うんだよ。課長はM工業と関係があるかどうか知らないけど、T鋼管と関係があるのは間違いないと、俺は睨んでるんだ。俺もM工業の方は知らないけどT鋼管の方はよく知ってるからね。それで、佐々木さんが挙げられると、T鋼管の件が明るみに出ますよと手紙に書いたわけだ。俺の狙いが外れてなきゃ、これは課長の急所に当る筈だ。課長は慌てる。何とかしなきゃならない。佐々木さんを呼んで話をするだろ。その時だって、自分のことは部下に曝れてないと考えてるだろうから、自分のことは言わない。君、大丈夫か。万一のことがあると困るが、どうするんだね、てなことを言うと思うよ。それから、こいつはいよいよ危いということになると、何か工作するかも知れない」

「どんなこと？」

「まあ、例えば、因果を含めて辞職させるとか、よそへやっちゃうとか。それから、全部係長の責任になるように手を打つとか――」

「可哀そうね。それで課長さんは大丈夫だとしても、あんたはどうなるの？」

「俺か――」

戸塚は前歯を嚙み合わして、タバコを持った手の親指でそれを押しながら、恵子の顔を見ていた。

「佐々木って係長は知ってるだろ？　いつか君ん所の店に連れて行ったから」

「知ってるわよ。小柄な額の禿げ上った爺さん」

「あれはね、昔の工業専門学校を出たんだ。それでこつこつこつこつやって、あれだけになったんだ。もうあれ以上に行きっこはない。大した遊びもしないし、女も知らない。金だけが楽しみだ。もうじき停年だが、退職金と恩給がただひとつの頼りなんだ。気の弱い男さ。T鋼管から、盆暮に一万円ぐらいのことをして貰ってるだけなんだ。それでえらいことをやってる積りでいる。万一懲戒免職になれば、何もかもふいになっちゃう。そう考えただけで、彼は自殺する気持になるかも知れない。自殺する気になっても、不自然じゃない――」

「あの人が自殺するのを待つの」

戸塚は苦々しい顔をして、タバコを灰皿へ押しつけた。

「可哀そうじゃない？」

恵子は、薄笑いを浮べていた。

「何を言やがる、自分でも言ってたくせに」

と戸塚は怒ったような顔をしていた。

「一生かかって大した地位にもつけないし、何も大したことをやってるわけじゃないんだ。上の連中のやってることは、もっと悪辣ででかいよ。例えばある一流メーカーでなきゃ出来ないようなすごいタービンだの変圧器だのを使うように仕事を決めてしまうんだ。あるいは、大きいダムとか運河とかを計画する。自然にいくつかの特定の業者に仕事が行くんだ。何億という金が動く。役所を辞めたら、今度はそういう業者の所の重役に横辷りだ。――しかも警察にほじくり出されるようなみみっちいことはしないでもすむんだ」

「それじゃ、佐々木さんのこと手紙に書くのは悪いわね」

「しかし、俺はどうなるんだ」

「そんな、おっかない顔しないで――」

「俺だって、佐々木係長と大して違やしない。停年までいて、課長になれりゃ出世の方だ。たまに業者と飲んだり、小遣を借りたぐらいが何だ。お偉方ほどの迷惑は国にかけちゃいないよ」

「分ったわよ。――このりんご食べない？　あたし貰っていい？」

恵子は皿に残ったりんごを口にくわえた。

「さあ行こうか。今から即日速達で出せば、夕方までには届くかも知れない」

戸塚は、タバコをポケットに納うと、立ち上った。

5

戸塚の課は建物の五階にあった。戸塚が寝不足な目をして部屋に入ると、大部分の者は既に出勤していた。佐々木も机の上に朝刊をひろげて、眉に皺を寄せて熱心に見ていた。

戸塚がその前の机に坐ると、佐々木はちょっと目を上げたが、すぐ又新聞に移した。戸塚は、体を係長の方へ反らすように傾けてタバコに火をつけた。そして煙を吹き出すと、

「契約の芝田さんが呼ばれたそうじゃないですか、知ってますか」

タバコの先に目を落しながら小声で言った。佐々木は新聞から目を上げたが、すぐには何も言わず、ほかの席を見渡した。戸塚と向き合った席には誰もいなかった。

「誰から聞いた――」

「いや、契約の友達からね。別に拘留されたわけじゃないらしいですがね」

「やっぱりそうか――」

佐々木は考えこむような目付きになった。

「だけど、芝田さんが調べられるというのはM工業の件じゃないですか」

佐々木は何も言わなかった。しかし不快な感情が顔に現れていた。

「M工業は大分調べられてるらしいですね。警察では徹底的にやるというような話ですね」

佐々木は、目を新聞の上に落したが、その文字を読んでいる様子はなかった。

山村課長が出勤して来た。壁を背にした机の前に坐ると、女子職員が茶を持って行った。山村は湯呑の蓋を丁寧な手つきで取ると、ゆっくりと茶をすすった。彼は課長としては古参の方であった。艶のいい端麗な顔をしていた。身だしなみもよく、抜目のなさそうな男に見えた。湯呑を置くと、未決箱から書類をつかみ出しながら、

「佐々木君」

と呼んだ。

佐々木は目が覚めたような顔をした。すぐ立って課長の席へ行った。机の上にはまだ新聞紙がひろげたままになっていた。

戸塚は大儀そうな手つきで受話器を取り上げて、ダイヤルを回した。

「──ああ、戸塚だけど、──そう、──野村さんは？　──ほう？　まだ来てないの。どうしたの？　──ほう？　──ふうん──まあいいよ。ところでおたく、別に変ったことないかな」

戸塚は急に声を落した。

「ない？　──そう、そんならいいんだ。──ああ、じゃ。又野村さんに連絡をするように言っといてね。──はいはい──」

戸塚は、綴じこみを机の上にひろげて、目を通し始めた。

午後になった。

午後の郵便物を纏（まと）めた女子職員が、課長の席の方へ行こうとして戸塚の後を通った時、戸塚は手を出して止めた。

「ちょっと見せてくれ」

「課長さんのよ」

課長は席にいなかった。

「俺に関係のあるのがあるんだ」

戸塚はそう言いながら、郵便物に手早く目を通すと、すぐ女子職員に押しつけた。

「いいの？」

「ああ――」

その中に、恵子の字で、管理部検しゅう課長山村進様と書いたのが入っていた。

しばらくして、山村が席に戻ってくると、戸塚はその方に目を注いだ。山村は机の上に置かれた郵便物の裏面をひとつひとつ見て横に置いた。そしてそのひとつを取った時、ちょっと手を止めた。それから、残りのものを一応見てから、その封筒の封を切った。

戸塚の所からは、それがどの封筒であるかを確認することは出来なかったが、便箋を読んでいる山村の目が、文字に吸いつけられているようであった。

そのうちそれが急に戸塚のいる方に向いた。戸塚はす早く目を机の上の書類に落した。佐々木は、納入物件の検査調書をひろげて、そこに収録されたこまかい数字の配列を、赤鉛筆でひとつひとつ押えながら見ていた。

戸塚がもう一度課長の方に目を向けると、山村は、その白い封筒を二つに折ってズボンのポケットに押しこんでいるところであった。そしてほかの書類を机の上に拡げた。もう戸塚の方を向かなかった。いつもの癖で、肩を机の上に被せるように傾けながら、書類のひとつひとつに、ゆっくりと強く判を押していた。

「だいぶ成績がいいな」

佐々木係長がつぶやいた。戸塚が彼の方を見ると、佐々木は、

「T鋼管の納めた高圧管は不合格品はひとつもなかったらしいね」

と言った。

「ええ、よかったですよ」

「T鋼管はもうA級に入れてやってもいいんじゃないかな」

公団では、仕事を請負わせたり、物品を納入させたりする業者を、ABCの三階級に分けていた。そして、入札の指名や契約の時、その金額に応じて、それぞれの級の中の業者を選んだ。一流メーカーは別として、新しく公団へ出入りする中小企業は、C級から始まり、その実績を上げて行く内に、逐次BAと進んだ。その級の格付けは内部の会議で決め、その会議では検収課の意見は重きをなしていた。T鋼管は公団へ約五年前から出入りして、水道用のパイプ類やポンプ等を納め、かたわら工事も請負った。そしてその間に資本金を三倍にしていた。

「まあね――」

戸塚はあいまいな返事をした。その顔を佐々木は意味ありげに見ていた。――T鋼管を上げて

やるのは、君も異議がない筈じゃないかといいたげな表情であった。

「もう少し慎重にした方がいいんじゃないですかね。――この際」

戸塚がそう言うと、

「――そうかな」

と佐々木は急に気がついたように心細そうな顔になった。そして書類に目を戻すと、又数字の上を赤鉛筆で追って行った。

退庁時間が来ると、広い部屋の中が急にざわめき立った。さも、くたびれたように上に腕を伸すもの、持っている鉛筆を机の上に音をさせて投げ出すもの、引出しを開け閉めする者。それは事務室の中に一番活気のあふれる時間であった。しかしそれもほんの僅かな時間に過ぎなかった。

その物音の中で、

「佐々木君」

と課長が呼んだ。戸塚も佐々木と殆んど同時に声の方を向いていた。

「ちょっと相談があるんで残ってくれないか」

「――はあ」

佐々木はそう答えてから机の上を片付け始めた。帰る時は机の列の端の方の若い人達から、どんどん先に席を立った。そして上の方の係長や課長の方が大抵ゆっくりしていた。それはそれだけ重要な仕事をかかえているんだという自負を現わしているようでもあった。

部屋の中から、潮が引くように人影が減り、あたりは静かになった。

「お先に――」

戸塚は佐々木に会釈して席を立った。

「はい、ごくろうさん」

佐々木は、胸をそらしてタバコを出した。山村課長は顔を伏せてまだ何か書類に目を通していた。

6

翌朝、戸塚が出勤した時、佐々木係長はやはり既に席に坐っていた。そして面を伏せて新聞に読み入っていた。戸塚がその前に坐っても、顔を上げなかった。頬の干からびたような薄い皮膚が白っぽい色をしていた。戸塚は黙ってタバコの煙を吐きつづけた。

やがて戸塚が机の上に書類をひろげると、佐々木は新聞を畳んで引出しに納めた。

「戸塚君。今日何処か出かけるかい」

と聞いた。戸塚は佐々木の方を見ないで、手で顔を撫ぜた。そしてわざと焦らすように考える顔付きになった。

「そうですねえ。――出張検査がひとつあるんですがね。今日でなくてもいいんですけど――」

「今日ちょっと相談したいことがあるんだけどな」

佐々木の声は遠慮っぽく、低かった。

「今ですか？」

「いや、——帰りにでも……」

「そうですか。いいですよ」

戸塚は佐々木の顔を見た。佐々木は、何かせっぱつまった悲しげな目をしていたが、戸塚に見られると、すぐそれを伏せた。

戸塚と佐々木はいつもと比べてお互いに口を利くことが少なかった。その沈黙の原因は、佐々木の方に主にあるようでもあったが、戸塚は自分の方にもあるように思えた。

そしてその不自然な沈黙が、佐々木の念頭にあること柄を戸塚が承知しているということを、佐々木に感づかせはしないかと戸塚は恐れた。その上、彼の仕組んだ投書について、課長と係長とがどんな話をしたのか、戸塚には分っていない。その投書の主について彼等が或る程度の検討を加え、推察を行ったということはありそうなことであった。

戸塚は不自然な沈黙を打開しようとした。しかしそれはどうもうまく出来そうになかった。彼はいらいらしてやたらにタバコを喫い、仕事はあまりはかどらなかった。

山村課長は朝から姿を見せなかった。戸塚は課長が何処へ行ったのか、誰かに聞きたいと思ったが、結局それも出来なかった。

一日が過ぎた。

退庁時刻になると、佐々木係長はすぐ帰り仕度を始めた。

「戸塚君。どっか安くて、静かな所を知らないかな」

と彼にだけ聞えるように言った。

「そうですね。小泉はどうですか」

「T鋼管がいつも行く所かい」

「――ええ」

「駄目だよ」

佐々木は、彼には珍らしくきつい目をした。

「どうしてですか」

戸塚は自分でもあまりはっきり分らない理由でさからった。

「それが君、今難かしいことになってるんじゃないか」

「こっちで金を払えばいいじゃないですか」

「そりゃまあ、そうだけどね。しかしまあ、今夜は止めよう」

佐々木は不機嫌な口調で言い切った。戸塚は黙った。二人は部屋を出た。

佐々木は、戸塚を、駅の近くの裏通りにある小さな小料理屋へ案内した。そこは佐々木の行きつけの所らしかった。中に入ると、おかみに話して、店の奥の三畳(じょう)の部屋へ上った。

小さなちゃぶ台を前にして坐り、出されたタオルで顔を拭くと、佐々木は初めて戸塚の顔を見て笑った。ほっとしたような、しかし何処となくおずおずした、小さな笑いであった。銚子(ちょうし)が運ばれてくると、佐々木はそれを戸塚の盃にさした。

「ここはこんな店だがね、なかなか吟味(ぎんみ)したものを仕入れてくるんだよ」

佐々木はそう言いながら、皿の生うにに箸をつけた。

「前から、たまに僕はここへ来てるんだよ。安いし、自分の銭（ぜに）で飲めるんでね」

戸塚は黙って、盃を空けた。彼には佐々木がどういう風に話を切り出すのか見当がついていなかった。

「戸塚君はいくつだっけな」

と佐々木が言った。

「二十七ですよ」

「若いねえ――」

佐々木は感嘆するように言った。

「僕はもう、あと二年すれば停年だよ。こういう気持は君等には分らんだろうな」

「やっぱり淋しいんでしょうね」

「まあ淋しいのだけどね。しかしその淋しいっていう気持は、それを本当に味わって見ないと分らないよ。この世界が大きい流れのようになって進んでいる。自分はその流れからはみ出して、丁度岸に打ち上げられた枯木みたいに、取り残され忘れられてしまう。自分の人生というものが、そこで終りかかろうとしていることがはっきり分る。――淋しいという言葉よりほかには、知らないけれどね、僕は。しかしその淋しいということは、普通一般の淋しいというのと違うね。例えば女の子にふられたとかいうのとね――」

佐々木は、しきりに戸塚に酒をすすめ、自分も盃を重ねた。

「――君は女の子にふられたことがあるかどうか知らないけど、あれも淋しいだろ。しかしあれは、一人の人に去られた淋しさだ。人生が終りに近づくということの淋しさはもっと悪質だよ。誰かが自分から去って行くんじゃない。自分がみんなに背を向けて去って行くんだ。――これはその時になって見ないと分らない――」

戸塚は、黙って佐々木の言葉を聞いた。戸塚には喋るべきことがなかった。

「あと二年で停年だ。僕は停年までは何とか大過なく勤めたいと思っている。これは現在僕としては唯一最大の願いだ。それは分るだろうな、君も」

「――ええ」

戸塚は佐々木の顔を見た。佐々木の皮のたるんだ首筋のあたりが少し紅く染っていた。しかし彼はまだ酔ってはいないようであった。

「僕はそう願ってるんだ」

佐々木は、そう繰り返した。そしてそのまま暫く黙りこんだ。

店の方で、ほかの客と女達のとりとめのない話声がしていた。紙を貼った壁と、赤茶けた襖で仕切られた三畳の部屋には、酒臭いすえたような空気が、重苦しく澱んでいた。

「きのう帰りに課長に呼ばれた」

佐々木は、投げ出すようにぽつんと言った。戸塚は、影に被われたような目をゆっくりと上げた。

「T鋼管の件だ。あそこと僕との関係を中傷して課長の耳に入れた者がいる――」

佐々木は戸塚の目を見た。

「勿論、課長としても今更知らないことじゃないんだ。ただ問題は、外部からそのことが課長の耳に入ったということだ」

「何処から入ったんですか」

「分らない」

「どういう形で？」

「それも分らない。課長は黙っていた。しかし課長も、誰から出た話かは分らないと言っていた。君に心当りはないかね」

戸塚は顔を横に向けた。それはしかし、佐々木の視線を避けているという様子ではなくて、何か考えているような静かな顔であった。

「T鋼管と張り合っている同業者じゃないですかね」

彼は落着いた声で言った。

「課長もそう言う意見だった。しかしそれでもやはり困るんだ。今そのことがあまり外部で言いふらされるということは非常に困るんだ」

「そうですね」

「正直な話、T鋼管にそれほど大したことをされているわけじゃないんだから、僕なんかかね。むしろ課長なんかにあると思うんだよ。僕なんかね、ただ盆暮に世間並なものを貰っているだけでね、そのために特に便宜を与えておったわけではないし。検査の実務ももう君達に大体任してあったしね。そうだろ?」

「まあ、そうですけどね、しかし係長の所にギフトチェックなんかよこしたでしょう」

「うん。——しかしありゃね、デパートの商品券みたいなもんだよ。実際デパートで商品券と同じに使えるんだからね。僕はすぐデパートで品物にしたんだから、品物貰ったようなもんだよ」

佐々木は少し早口になっていた。

「しかし警察の見解がそうかどうかは分らないですよ」

「君はどうしたんだ」

「僕は現金にして、飲んじゃいましたよ」

「そこでどうだろうね。何とか事前にこれを揉み消す方法はないかね。課長は是非そうしろというのだよ」

「T鋼管だけですか?」

「そうなんだ。問題になってるのはそのことだけらしいんだ。だから僕は君にひと骨折りしてもらえば、何とかなると思うんだがね。どうだろう」

佐々木の前に置かれた盃は冷えていた。彼の小さな丸い目は次第に真剣な色を濃くしていた。戸塚は当惑した。煮えきらない顔をして、盃を口へ運んだ。

「係長はそうおっしゃるが、僕はT鋼管だけじゃないと思うんですがね」

「——というと?」

佐々木は体を乗り出すようにした。

「M工業の方が先じゃないですか。M工業は既に××省の関係で挙げられているんだし、その線から芝田さんも一度は呼び出されてるわけでしょう？　その方が現実的な問題じゃないですか」

佐々木は考えこむように黙ってしまった。戸塚の言葉は、佐々木とM工業の関係に対する疑いを含んでいる。佐々木がそれをすぐに反撥しなかったのは、それを暗黙の内に認めた形になったわけである。

「課長がT鋼管の方をしきりに心配して、係長にそう言ったんじゃないですか」

戸塚は重ねて質問をしながら佐々木の沈んだ顔色を窺っていた。佐々木は黙って頷いた。

「これは僕の邪推かも知れませんが、課長個人としてはT鋼管の方が心配なんで、M工業の方は一応安全だと考えているからじゃないですか。それで何とかT鋼管に火が飛ばないようにと心配してるんでしょう」

佐々木は、重大なことに気がついたように首をひねった。

「そうかな。――いや、そうかも知れない。実は、君は知らないかも知れないが、T鋼管の専務というのは、課長と同窓かなんかで、公団へ出入りする時最初に課長の所へ相談に来たんだよ」

「ざっくばらんな話、係長はM工業とどの程度のつき合いなんですか」

「そりゃ君――」

佐々木は、ちょっと言いよどんだ。

「――ま、T鋼管とのつき合いと同じ程度さ。別に特別なことはないんだよ、君。ほんとだよ
――」

「しかし××省の職員が挙げられたのも、盆暮にせいぜい二三万のものを貰ったというだけのことなんですよ」

佐々木は戸塚の顔を見ていた。その佐々木の目に、怒りや恨みに似た光が現れていた。しかしそれは、少しずつ悲しみと哀訴の色に変って行った。

「君、どうしたらいいだろう」

最後に彼はそう言った。

「僕は君、家内のほかに三人の子供がいる。まだ二人は学校へ通っているんだ。親がそういうことで警察へ連れて行かれたということが世間に知れたら、子供達はどうなるかね。僕にはそんな悲惨なことは想像もできないよ。今の内なら、君、何とかなるだろうな」

「M工業の方は、僕あまりよく知りませんのでね」

戸塚は、冷やかな顔をして目を伏せた。それに佐々木の目が追いすがった。

「そんなことはないだろ、君。君だって知ってるじゃないか――」

佐々木の目に、憤りと哀願とが入り交って、低く押えた声で喋っている口のまわりの筋肉が硬ばってふるえていた。

「――全然知らんというわけじゃないですがね。ま、いずれにしろ、なるべく事実を少なくしておいた方がいいじゃないでしょうかね。万一の場合にそなえて――」

「というと――?」

「この前のM式ブロックのことがあるでしょう?」

「あれは君がいいと言ったんじゃないかな」

「冗談じゃないですよ。係長がそうしてやれと言ったから、そうしたんですよ」

戸塚はわざとのように邪剣な調子で言った。M工業はコンクリート製品の製造販売をやっていた。その製品の一つに、河川や灌漑水路の護岸に使用するM式ブロックと言うものがあった。特別な効用があるのかどうかは別として、ともかくそれは特許品になっており、公共事業に多量に使用されていた。

「しかし、あれは君一応こちらとしては検査は済んだ筈なんだから――」

「まあね。全数量の五分の一ですがね」

「五分の一？」

「そうですよ。東京の工場で作ったのは五分の一で、あとは群馬の現地でいい加減な設備で作ったやつですよ。それも工場で作った五分の一だって果して現場へ送ったかどうか分りゃしないですからね。殆んどは現場で安く作ったんでしょう。それは全く検査をしてないで、しかも全部検査をしたという調書に係長の判が押してあるんですよ」

「そりゃ話が違うね、君」

佐々木は口をとがらした。

「あれは、運送中破損したり、現場で少し足らなくなったりした半端なものは、現地で間に合わすという程度の話だったじゃないか」

「最初の表向きの話はね。だけどあそこはその位のことはやる所だし、それをわれわれが知らなかったとも言い通せないんじゃないですか。ともかく五分の一しか検査してないのはまずいですよ」

「じゃ、全部こちらで作ったことにすればどうだろう」

「それは、あそこの工場の内部的な伝票とか輸送関係を調べられれば分っちまうでしょう」

「じゃ、こっちから現地へ行って検査したことにしては？」

「そりゃ駄目ですよ。現地で作るのと、こっちの工場で作って送るのとでは、価格の構成内容が違って来ますからね。契約は、こちらの設備の大きい工場で作って現地へ送る値段になっているんですから。M工業ではその値段の差を稼ぎ出すためにやったことなんじゃないですか」

佐々木は、冷えた酒を苦そうに飲み干し、又機械的に盃に酒を満(みた)した。

「それじゃ、どうするんだ」

「なるべく係長の怪我のないようにしたらどうですか」

佐々木は、黙って尋ねるように戸塚の顔を見た。

「幸いまだ、支払いは済んでいないらしいですから、その間に何とかするんです。書類はまだあちこち回ってて、会計課へ行ってないんです。会計課長が判を押して、経理局長の判を貰ったらお終いですからね。会計課長が見る前に、こっちが発行した検査調書を取っちゃうんですよ。そして五分の一しか検査してない正直な書類をつけかえるんです。そうすれば、少なくともこちらとしては不正はないと言うことになりますからね。それを気がつかないで判コを押して回したほかの担当者(たんとうしゃ)が悪いということになるでしょう。つまりみんながうっかりしてたってことになるわけで、悪意は認められないわけですよ」

「それで、書類はうまく途中で取りもどせるかね。人に気づかれないように」

「それはね、会計課の女の子に頼んでおきますよ。書類の受付けをやってるのに僕は顔が利きますから」

「そして返して貰うのかね」

「それはまあ、その時次第で、ともかく知らせて貰えば何とかなるでしょう」

「しかし何かこちらが作為(さくい)したことが、女の子から分っちゃうだろうな。よほどうまくやらないと――」

「ある程度感付かれるかも知れませんけれど、歴然とした証拠があるより増しでしょう」

佐々木は力弱く頷いた。

「さあ、すっかり冷えたな。もう少し行こう――」

彼は戸塚の盃に酒を注いだ。

「それからねえ、T鋼管の分もねえ、何とか頼むよ」

「ええ。――しかしあそこは係長の線が浮かんでこない限り、業者の方から先に挙げられるという心配はないでしょう」

「まあ、しかし万一のことを考えてね。君も相当迷惑する筈だからね。T鋼管の話が明るみに出るとね」

「分ってますよ――」

戸塚は不機嫌な顔をした。

「ともかく頼む。僕はもうあと二年で無事に停年を迎えるんだ。それまでは何としてでも、怪我をしたくない。——全く、馬鹿だったよ。ひとつ頼む。——この通りだ」

佐々木は両手を卓の下におろして、顔を伏せた。酔いでうるんだ目が、泣いているように見えた。戸塚は、不潔なものを見たように、目をそむけた。

7

それから数日が過ぎた。

佐々木は毎日、きまって戸塚に、

「あの件はまだ知らせがないかい」

と聞いた。

「まだですよ」

と戸塚が答えると、気がかりそうに頷いた。

「もう支払いが済んだのじゃないかね」

「大丈夫ですよ。あのあと、会計課の受付簿を見ましたから。それよりT鋼管の方が困りましたよ」

「どうしたんだ」

「いつも来てた野村って男がいなくなっちゃって、どうも連絡がうまくないんですよ。こみ入った話がしにくくってね」

「辞めたんかね」

「どうなんですかね。しかし今んところあっちは大丈夫らしいですけれど」

「ともかく、気をつけててくれよ」

しかし、その内悪い知らせがあった。それは、契約課の芝田係長が逮捕されたということであった。

そのニュースはたちまち黒い雲のように庁内に広がった。ひと通り全ての人がそのことを知ってしまうと、誰もそのことに触れようとしなかった。そして、次に又何か来るのを待ち受けるような、重い張りつめた空気が庁内を蔽った。

佐々木係長は、誰の目にも明らかな程、沈んで蒼白い顔をしていた。

「君、あれはまだかね。もし、あのままで警察に押収されるようなことになると困るんだが……」

佐々木は戸塚を唯一の頼みのように見上げた。

その日の午後になって、戸塚は佐々木に耳打ちした。

「今、会計の女の子から連絡がありました。今夜ちょっと居残りをしていて下さい」

戸塚の目が刺すように光り、その頬の皮膚が乾いたように引きつっていた。佐々木は子供のように頷いた。

「どうするんだね」

「今夜の内にすり代えるんです。明日は会計課長が目を通すでしょうから」

「別の検査調書は？」

「僕が作ります」

「課長の判はどうする？」

「仕方がありませんから、係長が代印を押して下さい。日付けを課長が出張して不在だった日にしておきましょう」

「それでいいかね」

「今よりは増しですよ」

佐々木はもう一度頷いた。

その後で佐々木は課長に呼ばれた。課長は部長の部屋へ入った。しばらくして戻って来た佐々木は泣きそうな顔をしていた。

「どうしたんですか。部長が何か――？」

戸塚は尋ねた。

「いや部長はいなかった。――実にひどい――」

「何がですか」

「課長が、うちの課で何かあればみんな君の責任だというのだ。僕は君が判を押して回したものにしか判を押していない。僕は君を信用してたんだから、と言うんだ。――課長は逃げようとしている」

「偉い人はそういうもんですよ。多分課長はT鋼管の専務とちゃんと話をつけているんでしょう」

「——しかし、ひどい……」

佐々木は頬を蒼くして、その小さな体は興奮のために震えていた。タバコを出そうとすると、箱の銀紙が、がさがさと音を立てた。

退庁時刻になると、戸塚は作り上げた検査調書を佐々木の机の上に置いた。

「僕は一旦帰りますからね」

彼はさりげない低い声で佐々木に耳打ちした。

「暗くなってから、又戻って来ます。非常階段の所の窓を開けといて下さい。人に見られるとまずいから、あそこから上って来ましょう」

佐々木は、悲しみをこめたような目で戸塚を見上げて頷いた。検査調書を取りかえるくらいのことは、強いて佐々木がいなくても、戸塚だけで出来ることであった。それを佐々木にも残っているように戸塚が言ったことについて、佐々木は何も疑いを差し挿まないようであった。彼はその時、自分で主動的にものを考えたり、行動したりすることができなくなっているようであった。

戸塚は役所を出ると、近所にある行きつけのコーヒー店に寄った。そこで一杯のコーヒーを飲みながら、顔見知りの女の子としばらく無駄話をした。

そこを出た時分には、夕闇が薄い濁った煙のように街に滲み出していた。彼は橋の袂のバーへ行った。女の子が二人、店の掃除をしていた。戸塚がドアの所に立つと、鉄平石を敷いた細い土間を奥から掃いて出た恵子が、顔を上げた。

「いらっしゃい。早いのね」

「――ちょっと」

戸塚は恵子に合図をして道路の方へ体を引いた。恵子はそれについて表へ出て来た。

「――なによ」

「めし食ったかい」

「食べたわ」

「何時頃？」

「一時間位前よ」

「まだ食べられるだろ」

「奢ってくれるの？」

「そうだよ」

「じゃ、もっとお腹が空いたらね」

「いや、今からでなきゃ駄目だよ」

恵子は訝しげな目をして戸塚を見た。

「あの女に頼んですぐ出てこいよ。どうせ宵の内は忙しくないんだろ」

「マダムが来て、小言を言うわよ」

「いいじゃねえか。ちょっと一緒につき合えよ」

「何か訳があるのね」

「とにかく一緒に来てくれ」

「じゃ、ちょっと待ってね——」

恵子は一旦店の奥へ入ると、緑のセーターに手を通しながら出て来た。

二人は並んで橋を渡った。橋の向うの繁華街の裏通りには、もう灯がともっていた。

「何処？」

「何処でもいいさ」

「そんなに食べたくないわ」

「食べたくないんなら、食べられるだけ食べればいい——」

「変ねえ」

「なんにも言うなよ。そしてね、君一人だぜ。俺は行かないんだ」

「まあ——」

恵子は、なじるように戸塚を見た。

「わたし一人で食べるの？」

「そうなんだ」

「馬鹿みたい。いいわ。わたし帰るわ」

「君一人で、どっかのレストランで夕食を食べてくれ」

戸塚は恵子の意志を無視したように、押えつけるような抑揚のない声で言った。そして、一体何の苦情を言っているんだというような静かな目で、恵子の顔を見つめた。

恵子は、その内戸塚から目をはなして、前の方を向いて黙って歩いた。すると戸塚も、適当なレストランを物色するように、あたりを見回した。

二人は暫く黙って、裏通りを歩いた。所々に食事の出来る店があった。その度戸塚はちょっと中を窺うようにした。何かの規準をもって店を選んでいるようであった。その内、十字路になった角に、比較的大きくて、品のよさそうな店があった。ガラス窓を通して、白いテーブルクロスを張ったテーブルの並んでいるのが見られた。

戸塚は足を止めた。

「ここ?」

「俺は、今から重要な問題である業者と会うことになっている。しかしあとで人にきかれた時、その時は一人でこの店で食事してたことにしたい」

「わたしが身代り?」

戸塚は頷いた。

「どうして身代りがいるの?」

「レストランに伝票をつけさせなきゃならない。何を食べたか憶えててくれ。なるべく目立たないように、ありきたりのものを注文してくれ」

戸塚は千円札を一枚恵子に渡した。そしてもう恵子のことは忘れたように、——というよりほかのことに心を奪われたように、すたすたと歩き出した。恵子はその戸塚の後姿を見送ってから、レストランのドアを押した。

戸塚はタクシーを拾って、役所へ帰った。役所から少し離れた所で車を下りると、建物の裏手へ近づいた。公団の入っている建物は古い貸ビルであった。その辺は大小のビルと木造の建物とが入り交っていたが、事務所が多く、夜になると静かで暗かった。

公団のある建物はコの字型になって、中に空地をかかえていた。その中庭に向って非常階段がついていた。中庭に入るには、横手の通用門をくぐらなければならなかったが、その戸は夜は開いていない筈であった。開けて貰うには守衛を呼ばなければならない。しかし、ビルの隣に駐車場になっている空地があった。駐車場とビルの中庭との間には高さ一間の万年塀があるだけであった。又駐車場の入口には扉はついていなかった。

戸塚はゆっくりと駐車場に入り、万年塀の方へ行った。二三台の車が駐めてあった。彼は塀に手をかけると、一気に飛び上った。塀を乗りこえ中庭に下りると、彼はそのままそこに蹲みこんだ。彼の体を、静かな闇が包みこんだ。彼はそこで息を整え、心を落ちつかせながら、自分の計画についてもう一度考えた。

彼は今まで人を殺したことはなかった。それは人の話に聞く、思いも及ばない遠い出来事のようであった。しかし今彼は、人がせっぱ詰ってくると、案外簡単に、人を殺すという気持になれるものだと考えていた。それは彼に、何か妙な心安さを与え、同時に何事かを見失ったような戸惑いを憶えさせていた。

佐々木が調べられるのは当然のなり行きであると思われた。又佐々木が調べられれば、戸塚の事も全て明るみに出るのも自明のことであった。従ってどうしてもその流れを佐々木の前で止めなければならない。それには佐々木が消えてくれるのが最も確実な方法である。戸塚は佐々木を殺す気になったあとでは、殺さなければならない理由を、寧ろ言い訳がましく、幾度も自分の心に言い聞かせて、納得させようとしていた。それは不思議な立場であった。彼がもっと自分の心の中を掘り下げる勇気を持っていたら、まだ殺人を完全に了承していない自分を見出したかも知れない。

しかし彼は事を運んで行った。大体のことがうまく行った。佐々木は課長に責められた。芝田係長の逮捕におびえ切っている。小心者だ。彼が飛び下り自殺をしても、その動機については誰もが納得するに違いない。

今夜、佐々木が独りで遅くまで残っていたのは誰かが気がついているだろう。誰もほかに居はしなかったのだ。一人で思い悩んだ佐々木が自分を処分したのだ。課長は、自分がその日佐々木を責めたことについて心苦しく思うだろう。しかし彼も安心するのだ。そして、汚職事件でよくある下級職員の自殺として新聞に出る。

それだけで充分かも知れない。死因に疑いが持たれなければ、誰も追及される者はいない筈である。しかし殺人を計画した者は、もう少しこみ入って物事を考えるのは止むを得ないことであろう。戸塚は自分のアリバイを尋ねられた場合のことを考えた。

彼は独身者だから、食事は外でとった。時々街のレストランでちょっとした贅沢をすることもあることであった。役所を出て、コーヒー店で三十分ばかり過した。女の子は、おぼろげながら憶えているだろう。はっきり憶えていなくても構わない。

それから、そのレストランで食事をした。恐らく警察がそのことを尋ねるのは二三日かもっと後になるだろう。レストランの者達は毎日の大勢の客のことをいちいち憶えてはいない。記録されているのは、支払の伝票だけである。伝票にはテーブルのナンバーと、料理の名前と数と、金額が入っている。しかし客の性別や年齢までは書いてない。又その客のいた時刻も書いてはないが、それは伝票の順序で大体の見当はつくかも知れない。

それだけで十分である。戸塚の言ったことと、その伝票の書き入れとが一致し、何も矛盾するところがなければ、警察はそれを信用するより仕方がないであろう。そして、その日そのテーブルでその食事を取ったかも知れない別の人間を、警察はどうして探す気になるだろうか。彼がほかに何か不利な証拠でも残さない限り、彼はほかの全ての人間よりは安全である。

戸塚は、非常階段を見上げた。灯の消えた灰色の建物の壁に沿って、その組み合わされた鉄骨はくの字型を描いて上へ登っていた。五階の窓の灯も消えていた。戸塚は、そこに佐々木が息をひそめて、彼の来るのを待っている姿を想像した。

戸塚は靴を脱いで片手に持った。非常階段の最初の段は彼の方を向いていた。冷えた鉄を足の裏に感じて、彼は息をつめた。そして彼は静かに階段を登り始めた。

8

三階の踊り場まで来ると、ビルを背にして遠くが見渡せた。それは色とりどりの灯を散りばめた夜景であった。空に濁った黄色い色がぼんやり滲んでいた。ひとつひとつの灯が、その下にうごめいているさまざまな人の生活を表わしているようであった。戸塚は、それらから遠く孤絶した自分を感じた。彼を囲んだ鉄梯子は、堅く意地悪く、彼を包んだ闇は敵意を含んで押し黙っていた。

彼は五階まで登りつめた。鉄梯子は尚上まで昇っていた。出入口の扉は勿論鍵がかかっていた。しかしその踊り場の端の所にある上げ下げ窓は約束通り開いていた。踊り場の端の手摺りの線が丁度窓の手前の縁に一致していた。従って窓から入るためには、手摺りに足をかけて、その外へ、窓の方へ向って乗り出さなければならなかった。

しかし窓台の高さは手摺りと殆んど同じ位なので、片足を手摺りにかけ、少し体を乗り出して手を延せば、窓の内側につかまることが出来る。そうすればあとは、這うようにして窓をくぐることが出来るのであった。

帰りの方が一寸厄介である。身軽なものなら、窓台にしゃがんで体を外へ出し、一気に踊り場へ飛び下りられるかも知れない。しかしそれが出来ないとすると、丁度入った時と逆に、頭を部屋の中にして足から外へ出て、それを手摺りの方に延し、少しずつ体をずらしながら、下って行くより仕方がない。

もし先に下りた者があれば、その者が次の者の下りるのを背後から助けることが出来よう。しかし彼は、相手の体が殆んど窓から外へ出た時、その足を持って手摺りの外へ投げ出すことによって、極めて容易にその体を下へ落してしまうことが出来るはずであった。

「——係長」

戸塚は声を押えて、開いた窓から室内の闇に向って呼んだ。部屋の中は静まりかえり、何の応答もなかった。

「——係長」

彼はもう一度、少し声を大きくして呼んだ。しかしそのため静寂は一層深くなったようであった。

彼は靴を下に置いて手摺りに足をかけた。それは丸い鉄のパイプで出来ていた。かけた足に力を入れ、体に弾みをつけて、窓台の方へ手を延した。その瞬間、体の均衡が不安定になり、手摺りに掛けた足首が、がくがくと揺れた。一瞬彼の心臓が引き絞られた。しかし彼の手は窓台の内側にかかっていた。

部屋の床に下りると、彼は静かに長く息を吐いた。部屋には何処にも明りがついていなかった。白い側の壁に四角い窓が、ほの白く並んでいた。それを通して、明滅するネオンの光が幾つも見られた。その窓と戸塚との間には、書類を載せた机が黒く並んでいた。それは、じっと息をひそめてうずくまっているけもののようであった。

彼は自分の机のある方へ進んだ。

「——係長——」

彼の声は闇の中にひろがり、吸われるように消えた。彼は自分の机に達した。横の佐々木の係長用の回転椅子には、空（むな）しい暗黒が乗っていた。彼はその椅子に腰を下した。机の上は、いつものようにきちんと片付いてあるようであった。彼は手で机の上を押えて見た。帰りがけ彼が渡した、すり代え用の検査調書はそこにはなかった。

彼は目の前の闇を見つめた。何かに目隠しをされているように彼は感じた。

「——おかしいな」

彼は静寂（せいじゃく）をまぎらわそうとして、声に出して呟いた。

「何処へ行ったのかな」

彼は当惑した。佐々木は自分で書類のすり代えをやったのかも知れない。あるいは逆に、そういうことを諦（あきら）めて帰ったのかも分らない。窓が開けてあったのは、戸塚の来るのを待っていたようにも思われるが、あるいは途中で気が変って、窓を閉めるのは忘れたのかも知れない。

しかしあるいは待ちくたびれて、何処かで居眠りでもしているのだろうか。しかし佐々木はそんなに暢気（のんき）な男ではないはずであった。

戸塚は腰を上げた。そしてあまりはっきりした意識は持たなかったが、何となく佐々木を捜すように歩き始めた。一つの階のスペースは、部長室や倉庫や手洗い等を除いて、殆んどの部分が間仕切（まじきり）なしの一つの大きい部屋になっていた。所々にロッカーや書棚の列が課や部の境いを作っていた。彼はその中を、静かに影のように歩いた。

検査調書を取り代えるということは、今夜の第一の目的ではなかった。しかしそのことは、彼としては直接M工業にやましい関係はないにしても、佐々木が挙げられることを禦ぐという意味で間接的に望ましいことであった。しかし、彼が昼間作って置いた書類がない以上、この暗闇の中で、もう一度作り直すことも出来ないわけである。

下から階段を昇ってくる足音が聞え、戸塚は闇の中に立ち止った。その足音は力強く落ち着いていた。佐々木のそれのようには感じられなかった。

足音は階段を登り切り、やがて階段室との境のドアが開かれ、その足元の方に丸い懐中電灯の明りが音もなくちらちら揺れた。戸塚はやっと、夜警が巡視に来たことを知った。

彼は本能的にその場にしゃがみこんだ。次の瞬間、カチッと音がしたかと思うと、部屋中の電灯が一斉についた。彼は光がまるで滝のように自分の体に叩きつけられ、その中にまっ裸になってそこにいるように感じた。

しかし夜警と彼との間には、幸い幾つもの机の列があった。そしてしゃがみ込んだ戸塚の姿は夜警の目には入らない筈であった。夜警はやがて部屋の中へ向って歩き始めた。戸塚は耳でそれを追った。足音は大股に部屋を横切り、非常階段のある方へ向っているようであった。

足音が止ると、上げ下げ窓の引き下される音がし、カチリと掛け金のかかる音がした。

「――おかしいな」

年取った夜警のしわがれた独り言が聞えた。それから夜警の足音は、元来た方へ向った。部屋の電灯が消され、足音は、階段を登って行った。

戸塚は闇の中に立ち上った。佐々木を探すのは無意味なようであった。もし何処かに居れば夜警に見つかるだろう。佐々木が夜警に対しても戸塚に対しても、意識的に身を隠している理由を考えることは難かしかった。佐々木は、この中にもう居ないのに違いない。戸塚はそう考えた。

戸塚は非常階段の方へ行った。そして夜警が閉めた掛け金を外し、窓を音をさせないように静かに押し上げた。上の階のコンクリートの床の上を歩いている夜警の足音が聞えていた。戸塚は窓を跨いで、足の方から非常階段の踊り場へ下りて行った。手摺りのパイプが腹の所まで来た所で、彼は、夜警がもう一度回ってくることを考えて、外から窓の縁に指をかけて、引き下した。

それが済むと、彼は靴を手さぐりで探して脇に抱えこみ、階段を下って行った。彼は何とも言えない空しさを感じていた。佐々木をつかまえてひと思いに殺してしまわねばならぬという苛立たしさと、殺さなくて過ぎたという安堵とが、奇妙な工合に入り交っていた。

二階の所まで下りた時、彼は目の下に小さな白いものを見た。よく見るとその白い部分は一つのものの一部分であるようであった。上を見ながら登っていた時は目に入らないものであった。最後の梯子は途中の踊り場なしに、地面までまっすぐに下りていた。彼は、やや足早にそれを下りると、その裏側に回って、上から見た物の方へ近寄った。

その数歩手前に来た時、彼はそれが人の体であることに気がついた。そして同時にそれが誰であるかを察した。彼は足を止めて凝視した。

佐々木係長の小柄な体は俯伏せになって、上着がまくれていた。足は普通では出来ないような恰好に曲っていた。そして禿げ上った額が横に向いて白く見えていた。

戸塚は次第に事情を呑みこんだ。佐々木は自殺したのだ。戸塚は佐々木が自殺しても誰も不思議に思わないだろうと確信していたが、佐々木本人も、又不思議に思わなかったのだ。彼はそこまで追いつめられていた。今日の芝田係長の逮捕が大きいショックになったのであろう。そして、真暗な部屋でじっと戸塚の来るのを待ちながら、さまざまなことを思い回らしたのに違いない。自分が逮捕されること――家族のこと――生活のこと――水の泡となってしまう長い勤めと退職年金のこと――。

彼は戸塚のために、窓を開けに行った。そして下の暗い闇を覗いた時、彼は死に誘われたのであろう。

戸塚は、自ら手を下さずして所期の目的を達したのにかかわらず、ひどく重苦しい気持になっていた。彼は佐々木の死体を残して、塀を越えた。そして地下鉄の駅の方へ急いだ。彼は、自分が罪を犯してその現場から今逃げている所だという気持を拭い去ることが出来なかった。

地下鉄の明るい電車に乗ると、その明るさがひどく眩しかった。彼は自分を知っている者に顔を見られはしないかということを恐れた。彼は佐々木を自分の手で殺した時、それが自殺に見られるのは自然なことだと考えていた。しかし今、佐々木が自殺して見ると、それを自分がやらなかったという証拠が何処にもないことに怯えた。もし、電車の中で知っている者に顔を見られたら、自分が佐々木殺しの犯人にされるのは間違いないような気がしていた。

国電の駅を下りて、商店街から、自分のアパートの方へ行く暗い裏通りへ入った時、彼はやっといくらか落着きを取り戻した。その途中に、いつも行きつけの小さな理髪店があった。彼は、床屋にはひと月に一回位の割合で行った。今日は、この前行ってからまだ三週間にもなっていなかったけれど、止むを得ないことであった。帰って来た時刻をはっきり第三者に印象づけるのに、それが自然ないい方法だと彼は考えていたのだ。

彼はその理髪店に入った。やがてそこを出たのは八時前であった。剃(そ)り立ての首すじが冷え冷えとしていた。彼はすっかり落ち着いていた。全てが、何も心配することなくうまく運んだような気がした。佐々木係長の死で、押しよせて来ていた波は止ってしまうだろう。彼は安全な港の中に逃げ込んだのだ。彼の足は軽かった。しかしふと、冷たいコンクリートの上の闇に、小さく白く浮かんでいた佐々木の顔を思い出すと、彼は何か重苦しいものを胃に押しこまれるように、暗がりの中で、一人渋面(じゅうめん)を作った。

道は広い通りへ出た。しかしその通りも、片側が住宅地で、片側は何かの公共の建物になっていて、あまり人通りはなく暗かった。所々の電柱に外灯が弱々しい光をともしていた。

道はすぐ僅かの下り坂になって、そのまま国電のガードの下をくぐり抜けていた。その暗い穴のようなガード下へ向って彼は歩いて行った。彼が丁度ガード下の暗がりへ入った時、一人の人物がそこからこちら側へ出て来た。彼は大してその人物のことを気に止めていなかった。しかし、それとすれ違った次の瞬間、彼は裂けるような衝撃を後頭部に感じた。

彼は意識を失い、その体はその歩いていた方向に向って倒れた。その動かない後頭部に向って、何か重い一撃がもう一度加えられた。それを加えた人物は、しばらく戸塚の顔を覗きこんでいた。

やがて、その姿は、闇の中に風のように消えた。

長々と伸びた戸塚の体の上を、重い電車の車輪が鉄の桁を激しく叩きつけながら通りすぎて行った。

9

真夜中近くなって、自転車でそのガードを通りかかった電報配達夫が、戸塚の死体を発見した。その前に誰も通らなかったこともないのだろうが、通った者は酔っぱらいと思ったのか、あるいはあまり人の運命に関心を持とうとしなかったのであろう。

被害者の身元は間もなく判明したが、彼のそれまでの足取りや、加害者らしい者についての聞き込みなどについては夜明けまでにはあまり捜査の進展がなかった。

しかし夜が明けると、戸塚の足取りについて或る程度のことが分り、一方現場付近の捜査が続けられた。殺害の動機については、喧嘩か強盗か、推測が立ちかねていた。

所が、その内捜査本部に、佐々木係長の自殺の知らせが入ると、それは、戸塚の死に複雑な要素を持ちこんだようであった。捜査本部の部屋の中に残っていた刑事達をとりあえず集めて、一課長が佐々木係長の件を説明した。

「――発見されたのは明け方で、夜勤の警備員が、中庭の非常階段の下で見つけた。所が、警備員は昨夜の六時四十分頃に、館内を回った時に、五階の丁度死体のあった真上の窓が開いているのに気がついて、それを閉めているんだ。しかしこの時は、別に不審にも思わなかったし、下も覗いて見なかったというのだ。たとえ覗いて見ても暗くて見えなかっただろうという話だ。現場の検証で今まで分っていることと合せて見ても、佐々木係長が死んだのは、警備員の回った時刻からさかのぼって一時間位の間ではないかということだ。それから、遺書も発見されている。机の引出しに入っていたそうだ。情況から判断すると覚悟の自殺という可能性が強い」

「動機は何ですか」

一人の刑事が質問した。

「問題はそれさ。それからこっちの戸塚との関係だ」

と課長は皆の顔を見回した。

「佐々木係長は、さっき言ったように水道公団管理部検収課の第一係長。戸塚はその部下なんだ」

課長を見ている刑事達の目が一斉に見開かれた。

「偶然だろうか——。あるいは偶然かも知れない。諸君も話は聞いているだろうが、この公団に対しては、二課の方で一二カ月前から内偵を進めている。そしてきのうの早朝、契約課の係長が一人、収賄容疑で逮捕されている。そしてその夜、検収課の係長が自殺し、係員が殺されている。僕もまだよく知らないのだが、この検収課というのも、公団へ納入される品物の検査をやる所らしいので、相当業者と関係があるらしいんだな」

「すると何れにせよ、戸塚が殺されたのは、佐々木係長が死んだのよりあとですね」

刑事の一人が尋ねた。

「あとだね。計算して見ると少なくとも一時間はあとだね。もう一度、分っている戸塚の足取りをたどって見ると、五時の退庁時刻を少し過ぎて、近くの喫茶店へ現れている。そこを五時四十分頃出ている。それから先が分らない。そして七時頃に例の床屋に現れている。そして、今夜は銀座裏で一人で豪遊したと言ってる。一人者だから外食なんだ。多分何処かのレストランで夕飯を食べたんだろう。一人だと言ってたそうだから、連れがいないんだな。今、その辺りのレストランを当ってもらってるわけだが、まだ何処で食事したか分らない。それから理髪の方は大体四十五分位かかるらしい。戸塚が入って来た時は店が空いていたので、すぐやって貰ったわけだから、おおよそ、七時四十分か五十分には店を出てる。それから現場までそのまま行ったとすれば、ものの二三分だ。

――一方、佐々木係長の方は、遅くとも六時四十分とすると、その間最小限一時間の開きがある」

「これは謀殺でしょうかね」

「被害者の内ポケットにあった三千なにがしかの入った財布も、それからスイス製のかなり高級な腕時計をしていたが、それも盗られていないところを見ると、強盗説は弱いようだね」

「謀殺だとすると、あのガード下で待ってたわけですね。あそこは暗いし、被害者は必ず通る所だし。しかしそれにしても、被害者が何処かで飯を食ったり、床屋へ寄ったりしてる間、じっと待ってたんですかね。淋しい所と言ったって、人通りがないわけじゃないですからね」

「どれだけ待ってたか、それは分らないよ」

「計画的な犯行だとすると、ぼんやり待ってるというんじゃなくて、ある程度被害者の足取りを知ってて、能率的にやったんだろうと思いますがね。しかし床屋に寄ることまでは、なかなか勘定に入れられないだろうなあ」

その刑事は、考えるように小首をかしげた。

「それから兇器の方はどうですか。何か――」

別の刑事が尋ねた。

「やっぱり硬い鈍器だということだね。さっき鑑識からあった連絡をつけ加えると、被害者の後頭部に付着していた細い繊維を発見したそうだ。木綿の赤い糸というのだ。それから推して、何か金属か石か、そんなものを赤い木綿の布にくるんで、それでがんとやったということが考えられるわけだ。その木綿の繊維はだいぶ古いものらしいということだがね」

「これは、二課の方で進めていた内偵の模様を知る必要がありますね」

「何れにしろ、二課と協力しなければならないと思ってるよ。佐々木係長や戸塚がどういう立場にいたかね。佐々木の方は恐らくかなり微妙な問題を持っていて、思い余ったんだろうがね。戸塚の方も、そういう関係があったのかどうか。佐々木が挙げられ、又戸塚も逮捕されるような恐れがあったか。もしそうだとして、彼等が逮捕されたら事態はどう発展した筈か――」

課長の話が一応すむと、部屋にいた刑事達も外へ出た。

久野は本庁の古参の刑事であった。田島はS署の若い体格のいい刑事であった。二人は組んで、戸塚の交際関係をたどって聞き込みをすることになっていた。二人は並んで署の玄関を出た。

「久野さんはどう思いますかね。戸塚の殺されたのは、公団の汚職に関係があるかどうか」

田島は、ざっくばらんな調子で、久野に聞けば何でも分るというような信頼を目に輝かして尋ねた。田島より少し背の低い久野は、厚い唇をむっつりと結んで、細めた目から遠くの方に視線を投げながら、しばらく黙っていた。

「課長は、汚職に関係がありそうな口振りでしたね」

「そんなことは、分らんだろ」

「久野さんの経験から押した勘ではどうですか」

「勘なんて君、当ることもあるし、当らんこともあるよ。大体当った時のことをよく憶えているものでね」

久野の喋り方はゆっくりしていた。

「もしそうだとすると、これは相当なヤマになりますね」

「――赤い糸か――」

久野が呟くように言うと、田島はすぐそれに反応した。

「女物でしょうかね。この頃は男でも赤いものを着ているけれど、古いものだという話ですから、女かも知れませんね。恐らく犯人は女じゃないでしょうから、何か女が関係してるんでしょうかね。被害者は若いし、そういうことも考えられますね」

「まあ、ぼちぼちやって行きましょうや」

久野はじっと前を見て、歩きなれた足取りで歩いた。二人の刑事は、通りに出ると、大勢の人々の中に、見わけもつかずまぎれて行った。

第二章　暗い青春

1

陽は柔らかく暖かかったが、風はまだ冷たかった。その風が、間を置いては堀割の濁った水の上に無数の皺を作って通りすぎて行った。

樋口利男（ひぐちとしお）は、家の裏の堀割に面した空地で、出来上ったばかりの机にワニスを塗（ぬ）っていた。その手付きは、風が冷たいためばかりではなく、何処となくたどたどしかった。まだ少年の域（いき）を脱していないその顔の睫（まつげ）の長い目を、細くしかめて、刷毛（はけ）の先を見つめていた。

空地の横の小屋のような作業場の中から、板を切る動力鋸（のこぎり）の音と、家具を組み立てている木槌の音とが聞えていた。利男の父親と一人の職人とが働いているのであった。

そこへ、家と家との間の細い路地を通って若者が一人空地へ入って来た。色のさめた紺色のデニムのズボンに、茶色のジャンパーを着て、その髪は額から前へ向って突き出していた。顔は陽に焼けて低い横にひしゃげた鼻をしていた。体は樋口より少し大きく、年も少し上に見えた。

「お――」

細谷(ほそや)は樋口の姿を見つけると、一寸うれしそうな笑顔を浮べて足を止めた。樋口は声のする方へ顔を上げた。

「お、――どうしたい」

「――うん」

細谷は、樋口の傍へ近寄った。顔から微笑が消えて、表情は暗い渋面に代っていた。すると、それは急に、殺伐(さつばつ)なけもののような匂いを放った。彼は、樋口の横に並んでしゃがんだ。

「――やばいんだ」

細谷は言った。

「どうした?」

樋口は刷毛を手に持ったまま相手の顔を覗きこんだ。細谷は、右手で自分の首を切る真似をして見せた。

「馘(くび)になったんか。どうして?」

「ここじゃ話せねえや。ちょっと、向うへ行かねえか」

利男は、ワニスを溶かしたどんぶりの中に刷毛を入れて立ち上った。二人の若者は連れ立って家と家の間を通り抜けて表の通りへ出た。そしてそこから堀割にかかっている橋の上へ出た。

細谷は、橋の鉄のらんかんに寄りかかって足を止めた。

「なぜ馘になったんだよう」

樋口は、とがめるような目をして細谷を見つめた。細谷の方は、虚勢を張った、ふてぶてしい微笑を浮べていた。

「ちょっとまずかったんだ」

「何を？」

「ドラム罐を一本流したのを、めっかったらしいんだ」

「ガソリンか？」

「そうさ。ドラム罐をよ、一遍に四五本買って、それをポータブルの給油器に入れ換えちゃ使うだろ。空になると次々に新しいのと取りかえるだろう。その内途中で一本位分らねえだろうと思ったんだ。そしたら、どうも知ってやがったらしいんだ」

「ガソリンを何処かへ持って行ったのか」

「夜よ、三輪車に積んで知ってる奴の所へ持って行って空にして、又持って来て返しといたんだ。——畜生」

細谷は、水の面を睨んで、何かを投げこむ真似をした。それに答えるように、風が水面を走って来て吹き上げた。

「だけど、おれが運送屋を馘になると困るんだ」

細谷は顔をしかめた。大人のような分別ありげな表情を作ると、それが幼い演技のように見えた。樋口は黙って頷いた。

「おれん所はよ、親父がぶらぶらしてやがるだろ。おれが働くのを当てにしてやがるからな。ガソリンを流したんだって、やっぱりちょっと家で金の要（い）りようがあったんだ」

「――そうか。癪（しゃく）だな」

　樋口は呟いた。

「おめえはいいやな。工場の方はやめたんだろ?」

「面白くねえからな」

「それでもよ、親父の手伝いしてりゃいいんだからな」

「駄目だな。俺はな、あんまり手先が器用じゃねえだろ。とてもじゃないが、家具屋の職人は勤まらねえよ」

「それじゃどうするんだい」

「分らねえよ。そんなこと考えちゃいねえよ」

　二人の若者は並んでしばらく水の面を見つめていた。堀割を挟んで、古い土のような色をした木造の家屋と、灰色のモルタルを塗り上げた大きい倉庫とが、立ち並んでいた。堀割は少し行った先で左へ曲って大川の方へ出ていた。二人の立っている橋を時折、トラックやオート三輪が通って行った。

「どうしたらいいかな」

　樋口がしばらくして言った。細谷は拳（こぶし）で掌（てのひら）を叩いて、

「取りあえず金が要るんだ」

と言った。

「いくら位？」

「五千円位。親父が人に借りた金だ」

　樋口は首を捻った。

「金は俺も欲しいけどな」

「おめえは何に使うんだ」

「女と温泉へでも行きてえんだ」

「ちぇっ。おめえ女がいるのか」

「いるよ」

「そいつぁ知らなかったな」

「可愛いやつだぜ」

　と樋口はねばっこい笑いを浮べた。

「おめえは暢気なことを考えてるな。あきれた野郎だな」

「でもよ、春になったら、温泉へ遊びに行こうって約束したんだ」

「それで一体何処の女なんだよ」

　細谷は、片頬に微笑を作った。

「仲町の映画館に勤めているんだ。お蔭で俺はいつだって、只で観てるんだぜ」

「うまいことしてやがるな」

「今度一緒に連れてってやるよ」

二人は顔を見合せて笑った。

「おい」

樋口は急に目を輝かして言った。

「何だよ」

「お前、強盗をやったことあるか？」

「たたき？　ねえよ」

樋口は何か考えるように黙った。

「おい。たたきをやるのかよ」

「たたきって程のこともねえけどさ。あれなら、俺はやれると思うな。金だって、一万や二万あると思うな」

「何処だよ」

細谷は、訝しそうに口をとがらして樋口の顔を見た。

「今言った映画館だよ。おしまい頃に行ってよ、一日の売り上げを取っちまうんだ」

「──へえ。そううまく行くかい」

「いいかい、俺はよくあそこへ行くから大体知ってるんだ」

樋口は、先生に質問されて答えている学生のような、ひどくき真面目な顔をして、考え考え話した。

「キップ売場にくっついて小さな事務所があるんだ。そこに男の奴がいつも一人か二人いるんだ。

もぎりの女の子は二人入口を入った所に立ってやがるけれど、事務所の方へは滅多に行かねえんだ。事務所に入るには、一階の入口の広間の方から入るか、二階の廊下の横から直接事務所に下りる階段があるから、そこからでも入れるんだ。それから、金は、売場のカウンターの下に、箱に入れて置いてあるらしいんだ。全部済んでから一日の売り上げを勘定して事務所の金庫へ納って、翌日銀行へ入れちゃうらしいんだ。だからよ、金庫へ入れられちまったらお終いだけど、その前なら、その女の子の前に出してあるんだからな、わけねえよ」

「窓口からは取れねえだろ」

「そりゃそうよ。事務所へ一旦入らなきゃならねえよ」

「人がいるんじゃないか」

「だから、そいつらは何とかしなきゃならないけどさ。大した野郎じゃねえんだ。一人の時を狙って一発食らわしちまうんだ」

「女がさわぐぜ」

樋口は、満足そうな微笑を浮べて、ゆっくり言った。

「だからよ、女はこっちへつけちまうんだ」

「――そうか。大丈夫か」

「女は俺が話をつけるよ。その代り中へ入るのはお前だぜ。俺は顔を知られてるからな」

細谷は、目を細くして樋口の顔を見ていた。それは樋口の話したことが、本当にしていいことかどうかを確かめるとともに、自分の心に決りをつけるためのようであった。

「やるかい？」

樋口は尋ねた。

「やってもいいが、金はいくら位あるんだ」

「あそこはさ、七十円で一日に四回変るだろ。一回に何人位入るんかな。大して大きくねえんだ」

「二百人位か」

「二百人としてさ、四回で八百人だろ？　七十円だから、いくらだい」

「五万六千円だな。大したもんだな」

「今夜、女の所へ行って話して見ようかな」

「そいつは大丈夫な奴かい」

「大丈夫さ。いい玉だよ」

樋口はにっこり頬を綻ばした。細谷もそれにつられて笑った。くったくのない二人の笑い顔が、互いの決心を語り合っていた。

暫くして、二人の若者は別れて、風の吹き抜けている橋の上を去った。

2

則子は、売り上げを箱ごと支配人の前に置くと、

「お先に」

と言った。

「ご苦労さん」

瘠せて度の強い眼鏡をかけている支配人は答えた。

写真の飾ってある四角なウィンドウの灯は消してあったが出入口から流れている光で、映画館の前だけは明るかった。則子は、赤いざくざくに編(あ)んだセーターを着て、その明りの中から、暗い道へ出た。電車通りに出る手前の所で、黒い姿が彼女の方を向いて立っていた。

「おい――」

近寄ると樋口が低い、どちらかと言えば優しい声をかけた。

「あら、来てたの?」

則子は傍へよった。

「寒いわねえ」

樋口は並んで歩き出した。

「そばでも食わねえか」

「そうね」

電車通りには、所々明るい店が残っていた。二人はその中の一軒に入った。そば屋の中はあまり混んでいなかった。お客と、奥ののれんの所に立っている小僧がテレビを観ていた。

そばを注文してから樋口が顔を則子の方へ近寄せた。

「相談があるんだ」

「ふーん」

則子もテーブルに両肘をついた。

「あんまりいいことじゃないけどな」

樋口はちょっと照れたように笑った。

「お前に迷惑のかかることじゃねえんだ」

「どんなこと？」

「金儲けだよ」

「ふーん」

則子はテーブルに目を落して小さく二つ三つ頷いた。それは、大体どんな話なのか見当がつくといった表情であった。

「友達がいるんだ、一人。そいつとたたきをやろうと相談したんだ」

「たたき？」

「強盗さ」

樋口は、指でテーブルの上をこすりながら、それに目を向けて、小さな声で言った。困惑（こんわく）した顔であった。それはその事の善悪を考えているのではなくて、そんな風な回り合せになったことに対して、止むなく覚悟を決めなければならないのだと言った表情であった。

「出来るの？」

暫く間を置いて、則子が危ぶむような目を上げた。

「相談したんだ。大丈夫だよ。お前さえうまくやってくれれば」

「いやだ。あたしも一緒なの?」

「違うよ。そうじゃねえんだ。お前は被害者になるんだ。それでとぼけてりゃいいんだ」

「あたしが?　一体何処へ入るのよ」

「お前んとこの映画館だよ」

「駄目よ。そんなこと」

則子は眉をひそめた。小僧がそばを持って来た。二人は黙って、薬味をかけ、箸を割った。それから、音をさせてそばをすすった。暫くお互いに何も言わなかった。

「大丈夫なんだよ」

樋口は食べる合間に言った。

「あんたそんなことをしたことがあるの?」

則子も、食べながら聞いた。

「前によ、アベックを脅かして、かつ上げしたことがあるんだ。大した稼ぎにゃならなかったけどな」

樋口は、則子を安心させようとした。

「あたし、巻き込まれるの嫌だな」

「大丈夫だよ。巻き込みゃしねえよ。只よ、ぎゃあぎゃあ騒がないで、おっかなそうにじっと静かにして金を出してくれりゃいいんだよ」

　則子は、まだ納得出来ない表情をしていた。

「支配人がいるわよ」

「支配人だけか？」

「いつ頃よ？」

「そうだな。今より一時間位前かな。最終に売り上げを金庫に納める前だよ。そん時ゃ、お前と支配人だけだろ？」

「大体ね。でも、誰か入ってくるかも知れないわ」

「女の子か何かだろ？」

「ええ」

「そんなら大丈夫さ」

「あんたがやるの？」

「友達にやらせるんだ。俺は顔を知られてるからな」

　則子は黙ってそばをすすった。それは半分承知したようにも見えた。樋口は微笑して顔をもっと近づけた。

「さっきさ、お前を待ってる時、俺はいろいろ考えたんだ。うまいことを思いついたんだ。絶対だよ」

「あたしを巻き添えにするのはよしてよ」

「巻き添えなんかしねえよ。お前は只、知らん顔をして、騒がなきゃいいんだよ。そうしてくれりゃ、あとはうまく行くんだよ。それから勿論俺のことなんか喋らないでくれればさ――」

則子は黙っていた。

「勿論うまく行けば分け前をやるぜ」

「幾らくれるの？」

「そりゃ、取った金高によらあな。いつも幾ら位あるんだ」

「三四万よ」

「ふうーん。――それだけありゃいいや」

二人はそばを食べ終って、汁をすった。則子がハンドバッグからタバコを出して、二人はそれに火をつけた。樋口はタバコをくわえてテレビの方を見た。時代物のドラマをやっていた。樋口の目は、すぐそれに引きつけられた。則子もその方を振り向いた。二人は暫くそのままテレビの画面を見ていた。

コマーシャルが出ると、二人は腰を上げた。則子が金を払った。外へ出ると、

「友達の奴はな、俺よりもっとタフなんだぜ。凄えパンチを持ってるんだ。あそこの支配人なんか、ちぢみ上っちゃうぜ」

樋口は陽気に言った。

「捕まっても知らないわよ」

「うまくやるさ。――絶対だよ」

樋口はズボンのポケットに両手を突っこみジャンパーの肩をぐるぐる回すようにしながら歩いた。

「あたしは知らないんだから、巻き添えなんかにしないでよ」

「大丈夫さ。絶対だよ。金が入ったら二人で温泉に行こうよ。豪遊しちゃうんだ。凄えぜ」

樋口は目を輝かした。二人は人通りの少なくなった歩道を、少し前かがみになって、何かにせき立てられるように急ぎ足に歩いて行った。

3

七時に最終回が始まった。八時になると、あまり入ってくる客はなかった。細谷は八時に切符を一枚買った。買う時小窓から覗くようにして見たが則子は目を伏せて彼の方を見ていなかった。その位置から、玄関の内側のもぎりの女の子のいる所は見えなかった。

もぎりの女の子は二人いた。一人は椅子に坐って、一人はその傍に立って、話をしていた。

「……わたし驚いちゃった。あの人があんな人だとは、わたし今日まで思っても見やしなかったわ……」

「それが人間と言うものよ。――わたし、でもどうしようかしら、この靴。ねえ、ちょっと変じゃない？　……」

彼女達は細谷の顔を見向きもしなかった。細谷は横の階段を、真中を肩を振ってゆっくりと二階へ昇って行った。二階の客席の後の廊下には人影がなかった。壁に沿って長椅子が三つ並んでいた。細谷はズボンのポケットに両手を突っこんだまま、倒れるようにそれに腰を下し、両足をひろげて投げ出した。

客席の方から、音楽が断続して聞えて来た。それはひどく無意味な騒音のようであった。細谷は首を後へそらして目をつむった。

映画館の向い側に、家と家との間に隙間のような細い路地があった。細谷が映画館に入ると殆んど同時に、樋口はそこへ体を隠した。そして、切符売場の小窓に目を向けた。時々、彼の視線を横切って、人や車が通った。しかし映画館へ入って行く者はいなかった。その通りは電車通りから横に入った道であるが、その入口あたりと、映画館の前ぐらいを除くと、あまり明るい通りではなかった。又映画館を角にして電車通りと平行な道があったが、そこは一層暗かった。その道に、波型のトタン板を張った映画館の塀にぴったりくっついて、一台のオート三輪車が止めてあった。それは、細谷が勤めていた運送店から無断で持って来たものであった。

全ての用意が備(そなわ)っていた。それは成功を約束するものであった。少なくとも樋口はそう考えていた。それはどうしてもやり遂げなければならないことであった。何となれば、それは彼によって勇敢に計画されたことだからだ。なぜ計画されたのか。彼は金を必要としたし、世間は彼に必要とするだけの金を与えようとしないからだ。従ってそれは止むを得ないことだったのだ。

細谷は、長椅子から反動をつけるようにして起き上った。そして起き上った拍子(ひょうし)に両足の爪先をそろえて身軽に小さく跳(と)んだ。彼のはいているバスケットシューズは、柔らかく、音を立てなかった。

　彼は廊下を横の方へ歩いて行った。壁に写真やポスターが貼ってあった。彼は口を引きしめ息をゆっくりと吸い、両腕を体からはなして軽く曲げていた。彼は自分が半ば、映画の画面の中の人物であるような気持になっていたのだ。全ては予定通り行われて成功するだろう――。

　壁にドアがあり、その真中にポスターカラーで、従業員専用と書いた貼紙がしてあった。彼は前後を見回すと、ドアの握り玉を摑んで、体をまっすぐにしてぴったりとくっつけた。それから握り玉を静かに回した。そしてドアを小さく引いた。彼の顔の前に細い隙間が開いて行った。彼は心持ち顎を前へ突き出し伏目になってドアの向うの空間に、動かない無表情な視線を送っていた。それは、何かの映画の中の一つの場面のようだと彼は思った。

　扉の向うはすぐに、壁に囲まれた狭い急な階段になっていた。彼は中へ入ってドアを閉めた。階段の下は明るかった。それは直接事務室へ通じているようであった。しかし不思議と何の物音も聞えなかった。

　彼はジャンパーのポケットから庇の長い紺色の帽子を引き出して被った。そして両手でよく頭になじますように動かした。それから黒いネッカチーフのような布を出すと、それを三角に折って、鼻から下を覆(おお)い後(うしろ)でしばった。

　さらにジャンパーのもう一方のポケットから白いタオルを出し、又ズボンのバンドから太いスパナを引き抜いた。そしてスパナにタオルを巻きつけて、それを右手に持った。スパナをなぜタオルで巻くか、それにはあまりはっきりした理由があるわけではなかった。しかしそのような様々の手続きを用意することが、彼にある誇らしさを感じさせ落ち着きを持たせてくれるようであった。

細谷が中へ入ってから、五分経ったら、ことが行われる手筈になっていた。樋口は時計を持っていなかった。昔に親に買って貰ったのも、いつか公園で若いアベックから取り上げたのも、もう手元にはなかった。五分という時間がどれだけの長さか、正確な観念はなかった。それにしても細谷が入って行ってから随分経ったように樋口は感じていた。彼は切符売場の小窓を凝視していた。そこに時計が置いてあったけれど、彼の所からは針は読めなかった。

ことが行われれば、先ずその小窓から合図がある筈であった。細谷が事務所に侵入して来て、支配人を沈黙させ、金を摑んだら、その時手をちょっと小窓から出す約束であった。それを合図に樋口は小窓の所へ行く。細谷は金を紙にくるんで、小窓から樋口に渡す。そして玄関から表へ飛び出して、電車通りと反対の方へ逃げ出す。金を持った樋口は止めてあるオート三輪車の方へ行く。

誰か追って行く者があるとすれば、当然金を奪った筈の細谷の方を追うだろう。樋口の方には、則子のほかは誰も気がつかない筈である。そこで樋口は、三輪車を運転して、打ち合せた場所へ回る。そこで二人が落ち合うのである。もし途中で細谷が運悪くつかまっても、金を持っていなければ、とぼけて通ることが出来るだろう。もし細谷が約束の場所へ行くことが出来なかったら、樋口が金を預っておくという計画であった。このように小窓を通して、二人の間で金をすり換えるということが、樋口としては計画のみそであった。オート三輪車を使うのは、ともかく早く現場から離脱するということもあったが、それにも増して、何かそういう乗物を飛ばすということが、この活劇のしめくくりとして必要なことのように思えたのだ。細谷の働いていた店のオート三輪車を無断で持ち出すということは、細谷がどうしてもやりたいと主張したことであった。

計画はそのように樹てられてあった。従って、その中で最も微妙な点は、細谷が事務所に侵入してから金を奪って樋口に渡すまで、その窓口に誰も寄らないということであった。則子の話では、今かかっている二本立ての映画は、あまり人気がなくて一般に入りが悪いということであった。特に夜八時を過ぎると滅多に人が入ってくることはないという話であった。

そこで、彼等は細谷が事務所へ入ってからの数分の間に、誰か切符を買いにそこへ寄るということは、先ずあり得ないことだと考えることにした。しかし勿論確信はなかった。樋口は、もし万一そういう運の悪いことがあった場合、その責任が自分にあるように感じていた。それで、誰もいない今、いつまでも窓口から合図が出ないことに、ひどく焦らされていたのだ。そしてしまいには細谷に対して腹を立て始めていた。

(――あいつ何してやがるんだろ――)

それで、二人連れの女の子が、ぶらぶらと通りかかって、映画館の前で足を止めそうになった時、彼は、

(――それ――見ろ)

と思った。そしてほんとうに怒った。

女の子は、二人とも同じようにズボンをはき、一人はセーター一人はハーフコートを着て、恰

好は何処か、この近所の者のようであった。彼女達は切符売場のすぐ横にある、写真を飾った窓の前で足を止めた。手を握り合っていた。写真を見て話を始めた。その内一人が、小窓の方へ行って、映写時間の表を見た様子で、又元の所へ戻って来た。

「――最初のが面白そうだよ。それで最初のはもう半分以上済んじゃってるんだろ?」

一人が言っていた。

「十二日までか。今日でおしまいだよ」

「でもさ。――あとの方のなんか、見たくないよ」

二人は相談を決めかねているようであった。樋口は怒りに燃えた目をその二人に注いでいた。

4

細谷は、用意がすむと、階段の下の気配(けはい)をもう一度窺った。しかしまるで見当がつかなかった。階段はまっすぐに下りて最後の二三段で左に回って、そのまま事務室に入って、その間にドアはないようであった。従って、たとえゴム底の靴にしろ下りて行く足音は事務室の者に聞えるし、最後の数段ではいやおうなく姿を見られてしまうわけだ。その時部屋の中の者がどんな位置にいるか、前もっては分らない。

細谷はスパナを前に構えるようにして階段を下り始めた。それは正義を守る男が、やむなく闘争の場へ出て行くような、落ち着いた顔色であった。

細谷は階段を下り切って部屋の明りの中に立つと瞬間に部屋全体を見渡した。思ったよりずっと狭い汚ならしい部屋であった。細谷の向いている方向の隅には、向う向きに女が坐っていた。そこが切符売場の内側のようであった。彼の右手の壁にドアが一つあり、それが玄関ホールへ通じている出入口らしく、彼の左手の方には木の古い事務机が三つかたまって置いてあった。その机の上は何か色んなものが載って雑然としていた。その一つに、こちらを向いて瘠せた顔色のよくない眼鏡をかけた男が坐っていた。彼は何か雑誌を机の上に置き、椅子に横坐りになってそれを読んでいるようすであった。

不思議なことに、女は細谷の方を振りかえらなかったし、男の方も、細谷が最初の距離の半分位を近づくまで、目を上げなかった。そして、顔を上げて細谷の姿を見た時、男は驚き恐れるよりも、いぶかるような表情をした。細谷は、人間の表情というものは案外動きの鈍(にぶ)いものだと思った。

細谷がタオルでくるんだスパナを男の耳のあたりに向って振った時も、男は僅かに口を開け、左手をちょっと遠慮勝ちに上げたに過ぎなかった。男は小さな声を上げて、椅子を倒し、机の下に崩れ落ちた。

「静かにしろよ。静かにしねえと、命がねえぞ」

細谷は男に左腕をかけて引き起した。男はぐったりしていたが、別に気を失っているようでもなかった。細谷は女の方をふり向いた。則子は立って目を見張っていた。二人の距離は四米位あった。細谷は躊躇(ちゅうちょ)した。窓口の所に行かなければならないのだけれど、男の傍を離れるのが心もとなかったのだ。

「姐ちゃん、分ってるだろ。その金こっちへよこしな」

則子は、すぐには動こうとしなかった。細谷は、支配人の脇に左腕を深くさしこんで、引っぱった。支配人は、かろうじて足を立て、倒れかかるようにしてついて来た。そうして彼等は則子の近くまで来た。細谷は腕を支配人からはなした。支配人は床に腹をつけたまま、上半身を起して、初めて細谷の方を見た。細谷はスパナを振り上げた。

「いいか、こうなったらおとなしくした方が利口だぜ」

支配人は、あえぐように口を開けていたが、その目は細谷の言ったことをはっきり了解したかどうか明らかでない色をしていた。細谷は小窓の方に向いた。

「ちょっと、二枚頂戴な」

若い女の声がその小窓から飛びこんで来た。則子は、はっとしたようにそちらを向いた。

「――いいわよ。あたしが出すわよ」

「よして頂戴、いいわよ」

「いいって――」

小窓の外側で二人の女が争っているようであった。金はまだそこに出されていなかった。

細谷は、カウンターの下にあった金の入れてある箱を取り上げて床に置いた。

「切符を売れ」

細谷は小さい声で則子に向って命じた。そしてズボンのポケットから用意した紙袋を出すと、左手だけで、それに金を入れ始めた。

「だってさ、やっちゃんはあまり見たくないんだろ？　あんたに出させちゃ悪いよ」

「いいったら。だって、さっきそば食べた時は、あんたが出したんじゃないか。さ、どきな。割引きだから二人で百円でいいんだろ？」

「――いいよう。――頂戴、二枚」

千円札が、窓から押し出された。細谷は金を袋に入れながら、則子を睨んだ。則子は切符を二枚切って窓に出した。

「あの、おつりです――」

則子は細谷の方へ言った。

「――なに？」

細谷は苛立った目を上げた。彼は右手に振り上げたスパナを下すことは出来なかった。絶えず支配人の方に目をくばりながら、左手だけで紙袋に金を入れるのは、あまり楽な仕事ではなかった。

「――畜生――」

と彼は呟いた。

「おつり、どうしたの？　今千円取ったわね」

外の女のかん高い声が飛びこんで来た。その声の響き方で、その女の子は小窓から中を覗くようにに顔を下げているらしかった。

「――いくら？」

細谷はかすれた声で聞いた。

「九百円です」

則子は落着いて、少しふてくされたような声で答えた。細谷は、一旦袋に入れた金を手をつっこんで出そうとした。それを途中でやめると今度は、まだ箱に残っている金を数えようとした。

「ちょっと、どうしたのよ。何してんの？」

外の女の声がせき立てた。それは前より近寄っているような感じであった。

「――畜生――」

細谷は、金を勘定することが出来なくなっていた。彼は苛立って、硬貨をいい加減に摑むと、カウンターの上に投げた。則子がそれを押えて、小窓の前で数えた。それは外からも見える所であった。

「それ、五百円もないじゃないの。どうしたの？　しっかりしてよ」

「畜生、持ってけ――」

細谷は、もう一度硬貨を摑んで小窓めがけて投げつけた。

「何すんのよ」

女の子は、けんけんした声で怒鳴った。

「ちょっと、あんた達そこで何してんの？」

誰も答えなかった。

細谷は、両手を使って袋に金を押しこんだ。そしてその袋をズボンのポケットにつっこみながら立ち上った。

樋口は、二人の女の子のすぐ後に立っていた。彼には、中で何が行われているのか察しがついていた。しかし計画は完全に狂ってしまっていたし、この場合最も適切な別の手段というものが、どんなものか、まるで考えることも出来なかった。彼は只、おろおろして、女の子が威勢よく怒鳴り散らすのを聞いているだけであった。

それで、玄関から、まだ覆面（ふくめん）をしたままの細谷が飛び出して来た時も、全く途方に暮れて、それを見守っているだけであった。細谷は、オート三輪の置いてある道の方へ駆けこんだ。しかし彼の注意を引く方法はなかった。細谷は、オート三輪の置いてある道の方へ駆けこんだ。

「——ひゃくとうばん——ひゃくとうばん——」

小窓の向うで、男のあえぐような声がしていた。

「——なあんだ、あいつ——」

二人の女の子は逃げる細谷を見送りながら言った。

「どうしたんだろ」

「泥棒かな。覆面してたわよ」

二人は、細谷の逃げた方に歩き出した。樋口はその後に従った。

暗がりの中で、オート三輪のエンジンが始動した。それから車体がちょっと揺れたと思うと、急に跳ね上るように向うを向いて走り出した。

「あれで逃げるんだよ」

女の子の一人が叫んだ。樋口は映画館の方をふりかえった。もぎりの女が二人こちらに出てくる所であった。樋口は、電車通りの方に向って急いで歩き出した。

電車通りをしばらく行った所で、彼はパトロールカーのサイレンの音を聞いた。二人が待ち合せる場所は、大川端に立ち並んだ倉庫と倉庫との間にある空地であった。彼はそこまで何かに追われるように歩いた。目的の場所に着いたが、細谷のオート三輪は着いていなかった。

樋口は川縁（ぶち）に出、倉庫の壁に寄りかかって待った。川向うの明りが水に映っていた。それを砕いて、発動機船が辷って行った。川にかかっている巨大な鉄骨の橋の上には、絶えることのない車の灯が、流れつづけていた。全ての物音が遠く、彼は一人取り残されているようであった。そしてその向うの世界では、人々が血まなこになって彼の姿を追っているようにも思えた。彼はそこへ出て行くのが恐ろしかった。そうして彼は待った。しかし細谷は現れなかった。

5

二人の刑事は、敵意に似た不愛想（ぶあいそう）な顔をしたまま、樋口の両側から離れて表の道の方へ去って行った。樋口は、ズボンのポケットに手を突っ込んで二人の後姿を見送った。

「どうしたんだ」

作業（さぎょう）小屋の入口の所から、父親が呼んだ。ひからびた皺の多い顔に黒い太い縁の眼鏡をかけていた。

「なんでもねえよ」

樋口は父親の方へは向かずに、そこにしゃがんで、たんすに紙やすりをかけ始めた。

「刑事が何を聞きに来たんだ」

父親は又尋ねた。樋口は答えようか答えまいかというような顔をしていた。

「ゆうべ、仲町の映画館に強盗が入ったんだってさ」

「それで、なぜお前の所に来たんだ」

「そんなことは刑事(でか)に聞いてくれよ」

「それで刑事は何て言ってるんだ」

「やった奴は愚連隊(ぐれんたい)らしいから、お前心当りはねえかって言うんだ。だから、俺は知らねえ。探すのはあんた達の仕事だろって言ってやったんだ」

「それだけか」

「それから、ゆうべ何処へ行ってたっていやがったよ」

「お前は何処へ行ってたんだ」

樋口は、父親の方をちらっと見た。

「映画見ようと思ってさ、あの前まで行ったんだ。だけどやってるもんが下らねえから帰って来たんだ」

「それにしちゃ、遅かったぞ」

「少しぶらぶらしてたからね」

「刑事には何て返事したんだ」

「今言った通り言ったよ。本当だもの」

「それから――?」

「お前の所にオート三輪車があるかと聞いたよ。商売に使ってると返事しといたよ。それだけさ。帰っちまったよ」

「あんまり、警察に変な目で見られないようにしてくれ」

父親は作業場の中に入った。

「向うが勝手に変な目で見てるんじゃないか。知らねえよ」

樋口は、子供のような忿懣を頰に現わしていた。

小屋の中で、動力鋸が鳴り出した。樋口はたんすの木の縁に沿って、紙やすりをかけて行った。彼の目は、その木の面ではなく、もっと遠くの何処かを追っていた。

しばらくすると、手をとめて、作業小屋の戸口の所へ行った。

「――とうさん」

父親は、すぐ彼の方へやって来た。覗きこむような目をして息子の顔を見た。

「――なんだ」

「あれ、届けるんだろ?」

壁ぎわに置いてある、仕上ったばかりの大きい本棚を目で指した。

「おれ、届けてやろうか。ひるから」

父親は、本棚と息子の顔を見比べた。

「お前に行ってもらってもいいけどな。どうしてだい」

「別にどうってことねえよ。おれは外回りの方が性に合ってるからな」

樋口は、たんすの方へ戻った。

ひる過ぎると、樋口はオート三輪に本棚を載せ、幾重にもロープでしばりつけて出かけた。

樋口は最初に映画館の前に来た。少し手前で車を止めると、切符売場の所へ歩いて行った。小窓の所にかがんで、

「おい――」

と言った。

則子は、黙って目を上げた。

「野郎がずらかりやがったらしいんだ。あのままよ」

樋口は囁いた。

「行ってよ」

則子も、口先だけ動かして小さい声で言った。事務所の中には誰かいるようであった。

「太え野郎だ。きっと見つけてやるよ」

「その辺に刑事がいるわよ」

樋口は小窓を離れた。そしてあたりを、ふてくされたような目で見回しながら、ゆっくりオー

ト三輪の方へ戻った。

　樋口は、細谷の家の方へ回った。細谷の家は小さな水路とその隣の工場の長い塀との間に挟まれて押しつぶされかかったような一群の住宅の中にあった。低い屋根を葺いた波形のトタン板も、ばらばらに崩れそうな壁の板も、同じように黒い土のような色をしていた。

　細谷の家の入口の所に、汚れた着物を着た四つ五つの女の子が坐っていた。狭い暗い家の中には誰もいそうになかった。

「おにいちゃん――」

　女の子は敷居に腰かけたまま彼を見上げた。

「お兄ちゃんいないの？」

「うちのお兄ちゃん？」

「そうだよ」

「いないわ」

「何処へ行ったの？」

「知らない」

　女の子は、口を引きしめて首を振った。

「今日いた？」

「ううん」

「きのうは？」

女の子は、又首を振った。

「お父さんは？」

「おしごとに行った」

「お母さんは？」

「かあさんもおしごとに行った」

「誰か来た？」

「よそのおじちゃんが来たわ」

「お兄ちゃんはもう居ないの？」

「お兄ちゃんはしごとでいそがしいの。だからおうちへかえらないの」

女の子は樋口をじっと見あげていた。

「――そうかい」

樋口は女の子に背を向けて歩き出した。しばらく行った所で、

「おにいちゃん」

と女の子が呼んだ。

「なんだよ」

樋口はふりかえった。

「おにいちゃん、かえるの？」

「ああ――」

「さようなら」

「——さよなら」

樋口は、口を硬くひきしめて見送っている女の子に、小さく手を振った。

細谷の勤めていた運送屋は練馬区の方にあった。樋口は、本棚を得意先に届けると、空の車を運転して練馬へ向った。

私鉄の駅の近くにあるその運送店は、夕日に向って店の前のガラス戸を大きく開いていた。砂塵を含んだ風がその中へ吹きこんでいた。樋口はその前に車を止め、店の傷だらけの厚い木のカウンターの前に立った。

「細谷は来てませんか」

土間で、自転車のペダルの軸に、油を注していた手の大きい男が顔を上げた。長いざらざらした頬に細い、何かに敵意を抱きつづけているような目があった。

「細谷？　あんたは細谷の友達かね」

「そうです」

「あいつは馘にしたよ。とんでもねえ野郎だ。ゆうべもうちの三輪を持ち出しやがったらしい」

「戻って来ないんですか」

「今朝店の前に置いてあったがね」

「すると帰って来たんですね」

男は、もう一度ゆっくり樋口を足から頭まで見回した。

「あんたは、やつを探してるんかね」

「探してるんですよ」

「知らねえね、やつのことなんか」

男はゆっくり首を振った。

「とにかく、今日此処へ来たには来たんですね」

「そうだろうよ。俺は会わなかったけれどね。もっとも、やつも会う積りじゃなかっただろうが——」

樋口は、店を出た。車にまたがると、向うから空の三輪車が走って来た。速度を落して彼の傍へ来て止った。それはゆうべ細谷が使った車のようであった。頬が女のようにふくらんで赤い若い男が乗っていた。

「細谷を知りませんか」

樋口は、両手でハンドルを握ったまま尋ねた。男はちょっと樋口を見守った。

「細谷かね」

男はかん高い早口であった。

「ここにいたんだけど——」

「もう来ないんじゃないの?」

「そうなんだけど、今日見かけなかった?」

「見ねえな」

樋口は、エンジンを始動した。車が動き出すと、男は急に又かん高い声で言った。

「駅の向う側に、ニーナって喫茶店があるよ。そこへ行って見なよ。やつはよくそこの女の子をからかってたよ」

樋口はふり返って頷いた。

駅のまわりは商店街になっていた。駅から勤め帰りらしい人達がひと塊りになって吐き出されると、商店街を通って歩いて行った。ラジオ屋、婦人服店、八百屋、ふとん屋、果物屋、本屋、……そこを通り抜けた向う側にひろがっている住宅地の人々の、とりあえずの要求を満たすための店が、順序もなく並んでいた。

八百屋や魚屋の前には、白いかっぽう着を着た女達が立っていた。樋口は、電信柱に車をこすりつけるように止めると、濃い褐色に塗った板張りの喫茶店の中へ入った。

幾つか並んでいる小さなテーブルのほかに、奥のカウンターと、その脇のテレビ、それから、カウンターの向うに立っている二人の女が、樋口の目に入った。客は誰もいなかった。女達は口を揃えて、

「いらっしゃいまし」

と言った。

樋口が、カウンターの前に腰を下すと、髪を後に長く垂らした女が、コップに水を注いで彼の前に置いた。

「コーヒーくれ。——今日細谷来なかったかい」

長い髪の女は、巻き上げた髪の女の方を見た。巻き上げの方が答えた。

「細谷さんを知ってるの？」

「——ああ」

「今日はまだ来ないわ」

「来そうかい？」

「今日来るって言ってたけど、あの人の言うこと当てにはならないからね」

「いつそう言ってたんだい」

「昨日よ。そしてさ、この次の休みに何処か遊びに連れてってやるなんて言ってたわよ。馬鹿みたい——。あの人餓になったんでしょう」

「じゃ、今日来るかも知れないな」

「どうかしら——」

長い髪の女は、プレヤーの所にレコードをかけかえに行った。そしてそこに立って、音楽に合せて体を小さく動かしながら、表の方をぼんやり見ていた。捲き上げの方は、沸いているサイホンを見つめていた。

「そうかい。どっかへ遊びに連れてってやると言ったのか」

樋口は、口をゆがめて笑った。女は気がついたように丸い目をして彼の方を見た。そして嘲けるような表情をした。

「——いいたまだ」

「何を言ってるんだか、お金もなくてぴーぴーしてるくせに」

女は黒い液体をコップに注いだ。樋口はカウンターの横に置いてある古い週刊誌を引きよせた。レコードプレヤーの傍の女は、やはり、ぼんやり前を見たまま、小さく体を動かしていた。彼女に取っては、何をしても同じことなのだ。しかし何もしないよりは少しは増しなのかも知れない。

一時間近く経った。店には少し客が入っていた。

「来ないなあ」

樋口はドアの方をふり返った。

「そうね」

女は感動のない声で答えた。樋口は椅子を下りた。外は暗くなっていた。彼は三輪車にまたがってヘッドライトをつけた。

駅の近くに踏切があった。踏切を渡った所で、道が斜めに右と左に分れていた。樋口は、がたがたと踏切を渡りながら、左手の駅前に出る道の先を見ていた。彼のオート三輪の後から、バスが踏切に上って来ていた。

樋口の目は、駅の方から歩いてくる一人の男の黒い影を捉えていた。彼は踏切を渡り終えた所で、車のブレーキをかけた。バスがクラクションを鳴らした。前からやって来た男は三輪車のヘッドライトの中に顔を上げた。そして透かして見るようにしながら歩みをおそくした。樋口が車を止めると同時に、男も足を止めた。

「細谷」

樋口は呼んだ。細谷は始めて気がついたようであった。彼は慌てて車の前を右へ移動した。バスが又クラクションを鳴らした。

「おい、おめえ、逃げるのか」

樋口は細谷を追うようにハンドルを右へ切った。しかし右の方の道へ入れる程切りきれずに、車は前の石の塀に当りそうになった。細谷は既に右の方へ出ていた。樋口は車を止めて飛び下りた。

樋口が二三歩走り寄ると、細谷は向き直った。

「おめえ、そのままずらかろうってのか？」

樋口がもう一度言った。細谷は黙っていた。バスが又クラクションを鳴らした。

突然樋口は体を低くすると、細谷の腹のあたり目がけて突進した。細谷は右手でジャンパーのポケットのあたりを押えた。樋口の左の拳が細谷の顎(あご)に飛ぶと、細谷は石塀に倒れかかった。樋口はその上にのしかかった。細谷は尚も手でジャンパーのポケットを押えていた。

二人がもつれている背後へ、車から下りたバスの運転手が怒鳴りながら近寄って来た。

「おい、どいてくれなくちゃ困るじゃないか。バスはまだ踏切にかかってるんだぜ」

細谷は石の塀で後頭部を打ったようであった。その動きは鈍くなり、樋口の手は細谷のジャンパーのポケットの中に入った。

その時踏切の方で、誰かの叫ぶ声が聞えた。そして、鉄を切るような電車のブレーキの音が接近して来た。バスの運転手は後をふり向いた。樋口は細谷から離れて立ち上っていた。細谷も起き上った。そうしてじっと立って見ている彼等の前で、駅の方へ向って来た電車が、けたたましく車輪をきしらせながら、割合とゆっくりした速度で、しかし止ることなく踏切へ向って、のしかかるように近づいて来た。鈍くて大きい、何処となく間の抜けた、しかし空恐ろしい感じの音がして、バスは尻を跳ねるように横に向けると、横の枕木を立てた柵にぶっつかった。電車はきしりながら、尚もそのまま前進してやっと止った。

　バスの中の明りは消えなかった。悲鳴がそこから湧いて人の慌しく動く姿が見えた。運転手は、体をふらふらさせるような滑稽な恰好でその方へ走って行った。樋口は細谷をふり返った。細谷はぼんやりした顔で樋口を見た。

　やがて樋口は、手に持っている紙袋に気がつくと、オート三輪に飛び乗った。誰も彼を止める者はいなかった。三輪車は跳ねるように揺れて走り出した。

6

　樋口は、家の前にオート三輪を止めると、横の路地から作業場の方へ抜けた。そして、作業小屋の後に横に積んである材木の下に、紙袋を押しこんだ。

　勝手口から家に入ると、茶の間に坐っている父親が眼鏡を光らした。

「どこをほっつき歩いていたんだ。今時分まで」

「品物は届けたよ」

樋口は、ちゃぶ台の前に腰を下した。

「馬鹿野郎。何言ってやがるんだ。届けたもへちまもあるか。あそこまで行くのに何時間かかるってんだ」

樋口は黙っていた。

「お前、ご飯はまだなんだろ」

母親が尋ねた。

「ああ、腹がへったよ。あの車、この頃少しがたが来てやがる」

「お前、遊びに行く時ゃ、車を置いて行け」

父親は諦めたように言った。樋口は母親から茶碗を受けとりながら、

「分ったよ」

と答えた。

彼が、飯を食べ終らない内に、表のガラス戸が開けられた。

「こんばんは。樋口利男さんはいますか」

「――はい」

母親が答えた。

「――警察の者ですが……」

樋口は、ちゃぶ台の上に茶碗を取り落した。父親と母親の目が同時に息子の顔を見た。

「ちょっと警察へ来て貰いたいのですが」

白い紙障子の向うから、柔らかい声が聞えた。

「あの――何でしょうか」

母親が、障子に向って尋ねた。

「交通係の者ですがね。今日練馬区のA駅の踏切で交通事故があったんです――」

樋口の顔に、僅かな安堵の色が流れた。彼は箸を置いた。

「今行くよ。めし食ってるんでね」

「じゃ待たして貰いますから」

障子の向うの声は言った。樋口は茶をひと口飲んだ。

「細谷の野郎が喋りやがったんだ。間抜けな野郎だな、あいつは」

樋口はそう呟いてから、大きい声で障子に向って言った。

「あれはね、俺も悪かったかも知れねえけれど、バスの運転手がぼやっとしてるんだよ。あの時ね、もうちょっとバックしてハンドルを切り直せば、通り抜けられたんだよ。それをやつはね、のこのこ降りて来ちまいやがったんだ。やつも電車が来るのが分らなかったんだな」

「それはこっちで調べているから、食事が済んだら来て下さい」

警官の声は、少し不機嫌になっていた。

「ああ行くよ」

樋口は立ち上ると、母親を見下した。

「大したことじゃないよ。まあちょっとした駐車違反ってとこかな」

二人の親は、何も言わず息子を見あげた。樋口は、勝手口の方から靴をはいて出て行った。足音が遠ざかると、母親は父親の顔をなじるように見上げた。

「――とうさん――」

「大したことじゃないだろ――」

父親は目を伏せた。

「何をしたんだろうねえ、あの子は――」

「交通違反か何かだよ。警察の交通係だと言ったじゃないか。まさか交通係が、強盗の捜査はやらないだろ――」

「強盗って、何の話なのよ――」

「――いや、別に……」

「とうさんは、映画館のことを考えてるのかい」

「まあね。警察の者ですと言われた時は、どきっとしたよ。しかし交通違反位なら、まあいいじゃないか」

「――ほんとにねえ――」

母親は俯向いた。着ぶくれしたエプロンの肩に黄色い電灯の光が落ちていた。

7

樋口は、真夜中を過ぎて警察から戻って来た。堀割にかかった橋を渡ると、傍の家の軒から黒い人影が彼の前に現れた。

「――おい」

樋口は足を止めて身構えた。

「――この野郎」

「おい、喧嘩するのは止そう。喧嘩することはないだろ」

細谷は低い声で言った。

「何をぬかしやがる。おめえなんか信用出来ねえよ」

「待てよ。二人で喧嘩してたらうまくないぜ。今、警察で何て聞かれたんだ。俺と踏切の所で喧嘩したのはどういうわけか聞かれなかったか」

「聞かれたよ」

樋口は、構えていた体の力を抜いた。

「何て返事したんだ」

「しょうがねえからよ」

樋口は自信のなさそうな声になった。

「ずっと前に、おめえに貸してやった腕時計を返さねえで、どっかへやっちまったからだと言ったよ」

「しょうがねえな」

細谷は腹立たしそうに言った。

「だって、あれはまだ返して貰ってねえぜ」

「そうだけどよ。しょうがねえな。俺も喧嘩のわけをその前に聞かれてるんだからな」

「おめえは何て言ったんだ」

「俺がよ、おめえの女に手を出したからだろうって言ったんだ」

「俺の女に？　——いつ手を出したんだ」

「出さねえけどよ。そう言ったんだ」

「馬鹿だな。そんなことは、女を調べりゃすぐ分るじゃないか」

「だからよ。女の方に口裏を合せるように言っといてくれよ」

「うまくねえな。俺は時計のことしきゃ言わなかったんだからな」

「うまくねえな」

二人は、向き合って暫く黙っていた。ほとんど物音ひとつしない闇が、彼等を包んでいた。

「どうする？　なあ——」

樋口が口を開いた。

「今度聞かれたら、時計と女と両方にしようか」

「それがいいな。おめえもあす行くんだろ」

「そうさ。現場検証するんだってさ。大体同じ時間によ、お巡りと一緒にうちのオート三輪で行くんだ。おれは交通事故の方はしょうがねえと思ってるんだ。それによ、恐らく俺だけが悪いんじゃねえんだ。バスの運転手も悪いんだ。だからよ、お巡りの気を悪くしねえように謝(あやま)っちまう積りだよ」

「怪我人があったのか?」

「二三人怪我したらしいよ。えらくお巡りのやつ怒ってやがるんさ。お前が、あとさきも考えず勝手に車を止めたために、全然関係のない人が大怪我をしたんだ。一体これをどうする積りだって言やがるんさ。そんなことを言ったってしょうがねえものな。俺がわざとやったわけじゃないしな」

「逃げちまったのがまずかったよ」

「だってよ、おめえが喋るとは思わなかったものな」

「しょうがねえじゃないか。見ず知らずのやつと、いきなり喧嘩する筈がないしさ」

「お前も、あした現場検証に行かなきゃなんねんだろ」

「そうだけどよ。まずいなあ——俺は、映画館でなりを見られてるんだからな、あんまりお巡りとつき合いたくねえんだ」

「相手は交通係だから大丈夫だよ」

「そうも行かないぜ。もともと、俺やお前はがんをつけられてるんだからな」

「じゃどうするんだ」

「それよりよ。金のけりをつけようじゃないか。それが先だぜ。どこへやったんだ」

「あるさ」

二人は歩き出した。

家の横を通って裏へ回り、そこで彼等は月明りで金を数えた。一人の分け前が一万五千円ばかりになった。

「案外少ねえな」

と細谷が言った。

「お前がくすねたんじゃねえのか」

と樋口が言った。

「馬鹿を言うな」

「まあいいや。これで喧嘩なしだぜ」

「よし」

「それであすはどうする?」

「まあ、よく考えて見るよ」

「逃げたりすると、かえってやばいぜ」

細谷は、足音を忍ばせて闇の中へ姿を消した。樋口が家へ入ろうとすると、そこに父親が立っていた。

「何してたんだ。どうしたんだ」

「なんてことあねえさ。あした現場検証をするんでさ。細谷と打ち合せをしてたんだ。又三輪車を持って行かなきゃならないよ。まったく、ついてねえな」

8

郊外の私鉄の踏切で起った交通事故と、下町の映画館の強盗事件とは、それを扱った警察署も違ったし、距離も離れすぎていた。交通事故の方は事件としては明瞭であり処分も簡単であった。二つの出来事は、すぐには結びつかなかった。

強盗事件の方は、現場での手がかりが殆んどないために、付近の不良の仕わざと見込みをつけて、刑事達は札つきの連中をしらみつぶしに当って歩いた。彼等が細谷に目をつけるまでには数日の時を必要とした。

刑事が彼の家を訪ねた時は、細谷は不在で何処に行っているかも分らなかった。それから勤め先の運送店を訪ねて行くと、既に馘になっていることが分った。それと同時に、強盗事件の夜、その運送店のオート三輪を勝手に持ち出していることも分った。刑事は喜び勇んで、とりあえずそのことを係長に報告した。その時係長が、交通事故のことを思い出した。彼はすぐに電話で、扱った署の交通係に詳しい事情を聞いた。

「だいぶ大きい事故だったらしいな」

電話を置いた係長はそう言った。

「重軽傷五名で、その後病院で一名死んでいる。この事故の原因を作ったのが、その細谷と友達の樋口という男だ。当人達の話では、女と腕時計のことで樋口が細谷に恨みを持っていて、細谷を探していたらしい。丁度樋口がオート三輪で踏切を渡った所で細谷と出会ったわけだ。この樋口という男が乱暴なやつで、背後にバスがいるのが分っていながら、いきなりそこでオート三輪を止めて細谷と、とっ組み合いを始めた。そこへ折り悪しく電車が来てバスの後部に衝突したんだ。しかし翌日現場検証をした結果、バスの運転手が、その時車から降りたのだが、もし降りなかったら、バスをバックさせるとか、切りかえるとかして、事故を未然に防ぐことは必ずしも不可能じゃない、ということが分ったらしいのだ。結局バスの運転手の方にも業務上の過失が認められたわけなんだが、しかし樋口という男もけしからんやつだよ。

踏切事故の方はそれでいいとしてもだよ、今の君の報告を聞くと、この二人のことはもう一度考え直さなきゃいかんような気がするな――」

係長は、そう言いながら机の引出しから、捜査の結果をメモした紙を出して調べた。調べた人物の一人一人のことがそこに書いてあった。

「この樋口という男も一応は調べてあるよ。アリバイはない。しかしこの男のことは映画館の者がよく知っていて、体つきからして明らかに犯人と違うと言っているんだ」

係長は太い指で紙の上を押えた。

「しかし踏切でやった喧嘩は、強盗事件の翌日に当っている。どうも気になるねえ」

係長は刑事の顔を見上げた。

「共犯関係でしょうか」

小柄な若い刑事はそう言った。

「細谷が何処へ行ったか分らないというのもおかしいが、ともかく細谷のことは一応樋口に聞いて見る必要があるな。樋口の方は家にいる筈だよ。一応調べて見てくれ」

「早速やって見ましょう」

若い刑事は、その足で樋口の家を訪れた。夕方であった。樋口は家にいなかった。母親の話で、映画館へ行ったらしいということなので、刑事も映画館へ行った。

場内放送で呼んで貰ったが樋口は出てこなかった。しかし刑事は待つことにした。彼は最終回が終るまで張りこんでいた。彼としては出て行く人間は見逃さなかった積りであった。しかし彼は樋口の顔を写真でしか知らなかった。そこで刑事は、又樋口の家へ行った。樋口はまだ帰っていなかった。刑事は焦った。それでも彼は樋口の家の回りにしばらく張り込んでいた。その辺りは、夜おそくなると殆んど人通りはないし、暗くて見通しも悪かった。ただ、大川端の方から、川を上り下りする発動機船の音が気ぜわしげに聞えていた。

刑事は諦めて帰ろうとした。そして堀割にかかっている橋を渡ると、その袂の所で、闇に馴れた彼の目が、地上に倒れている黒い物を見つけた。傍へ寄って助け起そうとしたが、それが死体であることがすぐ分った。暗くはあるし刑事は樋口に面識がなかったので、彼であろうとは思いつかなかった。それですぐ傍の樋口の家へは連絡せずに、近くの交番まで走った。

間もなく、深夜の街にものものしい捜査活動が始められた。

樋口が殺されたのは、刑事が死体を発見した時から一二時間前のようであった。死体の後頭部に拳大の陥没があって、それが致命傷のようであり、そのほかに格闘した形跡や、特別の外傷はなかった。又現場に集った刑事達がひと通り付近を探したところでは、兇器や遺留品に類するようなものは、何も発見されなかった。

被害者が樋口利男であることは、すぐに確認された。二人の親は寝間着の上に、それぞれオーバーと羽織をひっかけて現場へ駆けつけた。突然降って湧いた不幸に、二人は全く茫然としたままだった。刑事達は親達からあまり多くのことを聞き出すことは出来なかった。

捜査一課長は夜中電話で起されて現場へ駆けつけた。所轄署の刑事達が先ず報告したことは、被害者樋口と、細谷文平という男との関係。練馬で発生した踏切事故。それから近所の映画館で発生した強盗事件。そしてそういう事実が、互いに何等かの関連を持っていはしないかと、刑事達が考え始めていたということであった。

一課長は、そう言ったことをいちいち頷きながら聞いていたが、そのあとで係長をふりかえって呟くように話しかけた。

「おとといの晩の大久保の殺しと、似てるところがあるねえ」

「――はあ」

係長は、まだそこまで考えていなかったという風な顔をした。

「致命傷がそっくりじゃないか。ちょっと見ても分るじゃないか。これもやっぱり、何が硬い重い塊りのようなもので、後頭部を撲りつけたものだよ。そのほかに、殺したのが夜だ。そしてその自宅付近で被害者が一人で帰ってくる所を待ち伏せたように見える。おとといのはガード下のトンネル。今夜のは橋。必ず被害者がそこを通るのを知って待ち伏せているのが、どうも似た感じがするじゃないかね」

「すると課長は、二つの事件に関連性を認められるんですか」

「いや、そういうわけじゃないよ。ただふとそう感じただけなんだがね」

課長は、そのことについては、それ以上言わなかった。

現場検視がひととおり済むと、一同は所轄署へ引き上げて、課長を中心にして捜査会議を行った。被害者が、警察のリストに挙っている不良少年であるところから、不良仲間の遺恨などによる犯行と見られる空気が強かった。そして今の所まだ行くえの分らない細谷の追及に重点を置くことになり、映画館の強盗事件ももう一度見直されることとなった。

しかし、現場で課長がふと呟いたような、水道公団の職員の殺害事件との関連については、何も現れてこなかった。恐らく課長以外誰も、それを考えている者はいなかったのだろうし、課長も会議の席上ではそのことについて何も発言しなかったのである。

9

久野刑事と田島刑事は、相変らず一組になって、戸塚の対人的な関係についての聞き込みに歩いていた。もうあまり寒さも感じない気候で、歩くのには好都合であったが、仕事は思うようにはかどらなかった。

　佐々木の死は、覚悟の自殺であるということが益々確かになって来た。そしてそれと戸塚の死との間には、一見如何にも関係がありそうでいながら、そして又二日間の努力にもかかわらず、その間に灰色の霞（かすみ）のような空間が横たわったまま、その中は一歩も狭ばまらなかった。

　その上、佐々木の死によって汚職関係の捜査が全く暗礁（あんしょう）に乗り上げた恰好になってしまって、それは直接戸塚殺害事件の捜査の範囲を狭くしているようであった。すなわち、戸塚の対人関係、特に対業者関係を割り出して行こうとして、刑事達の勘で、一二の業者をそれらしいと睨んでも、その業者に踏み込んで行くだけの資料を握ることが出来ないわけであった。

　そういう風に業者との関係もはっきりしなかったが、戸塚は又深いつき合いの友人知人もあまりなかった。郷里は東北の出身であったが、その方面からは関係のありそうな事実は出て来なかった。

　その上、もうひとつ問題があった。それは、戸塚が役所の傍の喫茶店を出てから、床屋に現れるまでの間の空白が埋められていないということであった。

　それでも、久野達はやっとの思いで、銀座裏に近いバーに、時々戸塚が行っていたらしいということを聞き出し、その橋の袂のバーをつきとめたのが、二日目の晩であった。

　久野が恵子をつかまえて、戸塚のことを切り出すと、恵子はさっと表情を変えた。しかしそれまでは、戸塚のことなぞすっかり忘れていたような陽気さであった。

「戸塚という水道公団の職員がよく来てたね。それから、その男がおととい の晩殺されたことも知ってるね」

久野と田島はカウンターの前に並んで恵子の様子を見守っていた。恵子はうつむき加減に、少し下唇を突き出して、叱られているような顔をしていた。

「——知ってます」

「だいぶ前から来てたのかね」

「そうですね。二年位前から、時々ね。そうしょっちゅうじゃありませんでしたけど」

「おもに、どんな人と来てた?」

「一人でいらっしゃることが多かったですよ」

「一人で? いつも? 時にはほかの人とも来ただろ?」

「ええ」

「どんな人か知らない?」

恵子は、カウンターに両手を拡げるようにして置いて、顔を曇らせていた。

「いつか、係長さんと言う人と一緒に見えましたよ」

「いつ頃だね」

「もうひと月も前かしら」

「どんな話をした?」

「憶えてません」

恵子は、迷惑そうな表情をしていた。丁度別の客が入って来て、腰を下したのをしおに恵子はコップに水を注いでその前へ行った。

久野と田島は、ちょっと目を見合せて、ハイボールをすすった。しばらくすると、恵子が又二人の前に、戻って来た。

「あの方は、ほかで食事をなさったりしたあとなんかに、よく一人で此処にいらしたんですよ。ここに見えても、せいぜい馬鹿話ぐらいしかしませんでしたわ」

「一番最後に来たのは、いつかね」

久野は、最後の頼みのように尋ねた。恵子は少し間を置いて、

「殺された日です」

と答えた。

二人の刑事の目が急に輝いたようであった。

「やっぱり一人でかね」

「ええ、一人でしたわ。でも、ここへお入りになったわけじゃないんです」

「じゃ、何しに来たんだね」

「わたしに、夕飯を奢りにですわ」

恵子は、ぽつりぽつり、考えては口を開くように答えた。勿論、刑事との問答に気乗りがしているわけではなかった。しかし自分に特別不利益なことさえなければ、しいて隠す積りもないようであった。

「それで一緒に行ったのか」

「ええ。でも、食べたのは私だけでした」

「戸塚はどうしたんだ」

「どっかよそへ行きました」

「よく分らんね、話が」

久野が体を乗り出した。

「どっかで業者の人と会う約束があったそうなんです。だけど、そのことを人に知られたくないし、あとで聞かれた時、その時間にレストランで一人で食事をしてたことにしたいから、わたしに身代りになって、食事をしてくれって言う話だったんです」

「君とは、そのレストランで別れたのか」

「ええ」

「彼は何処へ行ったか分らないのかね」

久野は駄目を押すように尋ねた。

「全然分りません」

二人の刑事は顔を見合せて暗然とした。そして、恵子が食事をしたというレストランの名前を聞いて外へ出た。

「誰に会う積りだったか、それさえ分ればね」

久野は吐き出すように言った。二人の刑事は夜道に肩を並べた。

「田島君は、戸塚と今の女との関係はどう思うかね」

「――さあ、大した関係じゃなさそうですね。あんまり悲しそうな顔もしてませんでしたものね」

「どうも、やはり女関係は薄いようだね。やはり業者関係かね。何かひとつ引っかかりが摑めるといいんだが」

刑事達の行手に、いくつものネオンサインが、冷やかに明滅していた。

翌朝早く、一課長は戸塚殺害事件の捜査本部を訪れた。そして主任の警部から、その後の模様を聞いたあとで、昨夜起きた深川の樋口殺しのことを話した。

警部の方はまだその話を聞いていないようであった。

「続きますなあ」

と言った。

「うん」

と課長は頷いた。それから、

「その上、どうも手口がよく似てるんだよ」

とつけ加えた。

「と言いますと？」

「そうだろ？　兇器はまだ見つかっていないけれど、傷の様子といい位置といい、僕の見たところではそっくりだ。そして被害者が自宅へ夜戻ってくる所を待ち受けてやったという外見がよく似てる。一方はトンネルで一方は橋だが、そういう隘路での待ち受けが共通している」

「そう言われるとそうですね。しかしもし両方の犯人が同じだとすると、一種の殺人狂ですかね。恐らく被害者相互には何の関係もないでしょうからね」

警部は、少し薄くなった丸くて小さな頭を、短かい指の手で撫ぜた。

「そうだろうね」

課長は色の白い端正な顔を、憂鬱そうに曇らしていた。しかしまだ何か心にひっかかるものがあるような釈然としない表情であった。彼は警部の丸い顔に視線を移した。

「二人の被害者相互間には、何の繋りもないだろうね」

「そうじゃないでしょうか」

「しかしわれわれは、まだそれを証明してはいない」

「ま、それはそうですね」

「その証明を、やるだけの値打ちがあるだろうか」

警部は、課長と目を合せた。

「やりましょうか」

警部は部屋の中を見回した。丁度その時、久野と田島が、まだ部屋の中に残っていた。少し離れた所に坐って、今日の仕事の打ち合せをしていたが、課長が昨夜の事件の話を始めた時から、その方に耳を傾けていた。二人の話は全て久野達の耳に入っていた。だから警部が久野を見た時、久野は引っぱられるように腰を浮かして、警部の前へ近寄って行った。

第三章　歪んだ情事

1

ビルの玄関の大きいガラス戸を押して、勤めの男女が次から次に出て来た。彼等の足はすべすべした石の段を下りると、四角なブロックを敷きつめた歩道を一つの方向へ歩き始めた。

黒いダスターコートを着た大友道也（おおともみちや）もその中の一人であった。茶色の底の薄い靴が歩道のブロックの上に軽い音をたてていた。一つのビルを通り過ぎると、その横の道に、白っぽいスプリングコートを着た女が立っていた。その姿は大友の視野の端に入っていた。

しかし大友は顔を動かさなかったし、表情も変えなかった。彼はくったくのない目を、通りの先の、幾つもビルの積み重なった空に向けていた。その空は、まだ暮れるのには少し間のある明るさであった。

彼は同じ足取りで歩いて行った。その後から二十米位間を置いて、女はついて行った。女の名は国安敏子（くにやすとしこ）と言った。大友と同じセメントメーカーの同じ経理課に勤めていた。

大友が四つ角に来ると、丁度信号が青に変った。大友はそのまま、大股に広い通りを渡って行った。敏子は走るようにそのあとを追った。大友は背が高く足が長かった。敏子は今時の女としては小柄であった。二人は又、同じ間をあけて歩道を歩いて行った。次の四つ角に来た。信号は赤になっていた。大友は立ち止ってズボンのポケットに手をつっこんだ。

敏子は、やっと追いついてその横に立った。

「わたしが待ってたのを知ってたでしょう？」

敏子はちらっと大友の横顔を見た。

「——そうかい？」

大友は、何かほかのことに気を取られているように、道の向う側に視線を向けていた。

「どうしてどんどん行っちゃうの？」

「別にどんどん行くってわけじゃないよ」

「だって、今日会ってくれる約束だったわ」

信号が青になった。急ブレーキをかけたタクシーの前に飛び出すようにして、大友は道を渡り始めた。

「そうだったっけな」

渡り終えてから大友は言った。そのまま少し歩いてから急に立ち止ると、敏子をふり返った。

「悪かったなあ」

彼は、ぴったりとくっつくように傍へ寄った敏子を見下して苦笑した。

「実は、今夜用事が出来ちゃったんだ」

敏子は、寒々とした風に立ち向うように、白っぽい頬をして、大友の目を見守った。

「――どうして？」

「これから、部長のお供で飯を食うんだよ」

「それ、なんなの？　部長さんの命令？」

「ああ、代理店の招待なんだ。急に言って来たんだよ。どうせさ、運転資金がほしいから、入金を来月まで待ってくれという話なんだろ。大体分ってることなんだけどな。部長も招待に乗った以上、待ってやる積りなんだろうけどさ。別に行かなくてもいいんだけど、部長がそう言うんだからね」

「どうして、部長さんはあなたを誘ったのかしら」

「さあね。まあ学校の先輩じゃあるしさ」

「わたし知ってるわ」

「なにを？」

敏子は、口をきっと一文字に結んで、流れて行く車の列を眺めた。大友は、妙に卑屈な薄い笑いを口の端に覗かせてその女の顔を見ていた。

「部長さんは、お嬢さんの結婚の相手としてあなたを考えていらっしゃるのね」

大友の口の端にある笑いが、わずかにひろがった。

「何処でそんな話を聞いたんだね？」

「部長さんの様子や話で分るわ。それと――」

敏子は言葉を切った。その頬を白い寒々とした風のようなものが通りすぎた。

「――あなたの態度」

「僕の態度がどうだって言うんだい」

「うれしそうだわ」

大友は、嘲笑うように鼻を鳴らした。敏子は動かない瞳を大友の顔に向けていた。

「みっともないぜ」

大友は通って行く人の顔にちらっちらっと視線を投げた。

「わたしは、自分の気持を裏切りたくないわ。――大切にする積りよ」

「ともかく今夜のことは、その話とは何の関係もないよ」

敏子は答えなかった。

「まさか代理店の連中の前で、縁談の話も出来やしないだろ」

「いいわ。じゃこの次は、いつ会ってくれるの?」

「まあ、そうせかせか言わないでくれよ」

「約束出来ないのね」

「そんなことはないさ」

「じゃいつ?」

「そんな風に言われるのは嫌だな。――考えておくよ。逃げやしないよ」

大友は女の顔を覗きこむような目で見て笑った。

「信じてるわ」

敏子は、おずおずとした微笑を浮べた。大友は安心したように、胸をそらして足を踏み出した。

「ともかく、もう行かなきゃならないからな。失礼するよ」

彼はちょっと手を上げて歩き出した。敏子は両手を前に合せて男の姿を見送った。男の姿が人ごみの中に見えなくなると、敏子は反対の方に向って歩き始めた。

彼女は考えながら、歩道の四角いブロックを見つめて歩いていた。今夜は大友と過す心積りであった。それが裏切られた。家には両親と兄がいた。しかし今夜失ったものは、昔ながらの善良で安らかな家庭の団らんがつぐなうことの出来ないものであった。彼女は、家へ帰る気持になれなかった。

足は習慣のように、東京駅へたどりついていた。彼女は、大きい庇の端に並んでいる赤電話に目を止めると、そこへ寄ってその一台の受話器を取り上げた。そして一人の友達の家のダイヤルを回した。いつもはそんなに会いたい友達でもなかった。しかし誰かに会って、何かを話したかった。

敏子は山手線に乗った。目白駅で降りると、その近くの洋菓子屋で、手土産の箱詰を買って、裏通りにある篤子(あつこ)の小さな洋裁店を訪ねた。

篤子は、表にガラス戸を張った、せせこましい仕事場で、若い二人のお針子を相手に仕事をしていた。

「珍らしいわね。お上りよ」

篤子は、敏子より、幾つか年上で広い顔をした大柄な女であった。白い洗いざらしたブラウスの上に緑色のセーターを着てチェックの厚ぼったいスカートをはいていた。

店の裏の六畳の部屋に入ると、篤子は、

「どうしたのさ、いやに元気がないじゃないの」

つっけんどんに聞える声で言った。

「気持をまぎらしに来たのよ」

敏子はコートを脱いで部屋の隅へ押しやった。部屋には、七八歳になる女の子が、足を投げだして、漫画本を見ていた。油っけのない髪をばさばささせて、細い神経質そうな顔をしていた。着ているものは、何処となく薄汚れていた。

「そおオ、あんまり幸福そうな人は、うちに来ないわね」

篤子は、女の子の方に視線を流した。敏子は、さげて来た菓子の箱を前へ出した。

「食べて――」

「ごちそうさまね」

女の子は、ちらと目を上げて菓子箱を見たが、またあわてて本の上に目を戻した。

篤子はお茶を入れる仕度を始めながら、

「どんな気持をまぎらわしに来たの？」

と言った。

「馬鹿馬鹿しいことにしたいわけね。でも、ほんとにそうはならないのね」

敏子は僅かに笑った。篤子は、菓子の箱を開いた。

「まあ、おいしそうよ。洋子ちゃんはどれがいい？」

篤子は箱を女の子の前に差し出した。女の子は黙ってしばらく箱の中を見つめていた。

「――さあ、どれでも好きなのをお取りよ」

女の子は、ためらいながら一つを取った。そして投げ出していた足を折って、ちょっと敏子の顔を見た。

「あきちゃん達、お茶が入ったわ。いらっしゃい」

篤子は、店の方に声をかけた。

二人の女の子は、上り口の障子を開けて、そこに腰を下した。

「忙しいらしいわね」

と敏子が言った。

「ここんとこね」

「その方がいいわ」

「なんとかやってかなきゃならないからね」

「でも、あなたはやって行けるわ」

「だって仕方がないじゃない。惰性で生きてるようなもんよ。あんたは、まだ結婚してないし、これからよ」

　敏子は答えないで、茶をすすった。

「わたしなんかさ、若い内に慌てて結婚して、じきに亭主に死なれて、それで人生一巻の終りなんて、どういうんだろうね。早く結婚するのも好し悪しよ」

「運命なんて、分らないわよ」

「この子はね」

　と篤子は女の子の方を見た。

「わたしの兄の子なんだけど、この方は、お母さんが交通事故で死んでさ。わたし達の兄妹は、結婚運がよくないらしいわ」

「そうなの、お気の毒ね」

「男手ひとつで、子供を育てるなんて、見ちゃいられないわ。時々わたしん所へ、こうやって遊びによこすんだけど、わたしもあんまり構ってやれないし。今夜も、お父さんと映画を見に行く約束になってたらしいのよ。それが、お父さんの方が仕事の都合で帰りが遅くなるというので、お流れよ。——洋子ちゃん、又行けばいいわね」

　子供は、菓子を頬張りながら黙って頷いた。女達が、

「ごちそうさまでした」

　と腰を上げると篤子はその方へ向って、

「ちょっと、おすしを頼んでよ。みんなの数だけ。今日はとても、お夕飯の仕度しておれない

わ」

　と言った。

「あら、あたしいいわ。忙しそうだから帰るわよ」

　と敏子は言った。

「まあいいじゃないの。おすし位食べていってよ。それに、まだ何の気ばらしに来たのかも聞いてないしさ」

2

　敏子は、大友とのことは、前にも篤子に漏らしたことがあった。もう二年も前からの関係であった。しかし、男の様子にだんだん冷たいところが感じられるようになったことについては、誰にも話してなかった。

　注文のすしが届いてそれを食べ始める頃には、今日のことも含めて、敏子はあらかたのことを話した。篤子は、相手の男を詰るように、心持ち眉をしかめて、ふん、ふん、と合槌を打ちながら、敏子の喋るのを聞いていた。その間にも、時々店の方から、若い女に、先生と呼ばれては、仕事の指図をしに席を立った。

　敏子は、話しながら、やはり篤子にとっては、人の情事なぞよりは、自身の仕事の方が大切なのだと考えざるを得なかった。恐らく、篤子には、何か面白い三面記事を、人が読んで聞かせてくれている位の興味しかないのかも知れない。そして、そういう相手にでも、話を聞いて貰わねば居られない自分の立場が、情けなく腹立たしかった。

「――結局、彼が冷たくなった原因というのは、部長さんのお嬢さんの件なのね」

篤子は、これから公正な判断を下そうとしている第三者のような、ひどくもったいぶった顔をして言った。

洋子という女の子は、二人の話を聞いているのかどうか、おとなしくすしを食べていた。

「――ねえ、こういう場合いったいどうしたらいいの？」

敏子は、何かをせがむように篤子を見た。

「そうねえ――」

と篤子は箸をすしの上に置いた。

「そのお嬢さんとさ、彼とはお互いに好き合ってるの？」

「そうじゃないと思うのよ」

「そんなら、そんなに心配しなくたって――」

「そうじゃないわよ。男に取っては、恋愛よりは出世の方が大切らしいのよ。経理部長は、今平重役だけどさ、若手の実力者なのよ。いわゆる毛並っていうのかしら、それもいいし、頭も切れるし、学歴もいいし。つまり出世コースの真中に乗っている人なのよ。それで、彼はさ、部長の学校の後輩だし、部長のお嬢さんと結婚してれば、もう将来は約束されたようなものじゃない？もしその反対に部長の好意を断って、誰か別の人が、お嬢さんと結婚したら、まるで様子が変ってくるでしょう」

「そりゃ、そうね」

「わたし、とっても自分が惨めだわ」

「よく分るわよ。わたしもあなたの彼が憎いわ。でも一方ではね、わたしみたいに自分で働いてると、男が、ともかく世の中で働いて出世して行かなきゃならないって気持も分らないこともないわ。なんて言うか、——追われてるような気持ね」

「でも、わたしはわたしのことを考えなければならないわ」

「そりゃそうよ」

篤子は急いで言った。そして又、考えこむ表情になった。

「そうねえ、こういう場合、方法を分析して見ると幾つか考えられるのじゃないかしら。何だか、人生相談みたいだけど——」

「どんな?」

「考えられることから言って見ましょうか。よくって? 先ず、彼氏に哀訴嘆願してその気持を引き戻すこと。これは一番誰でもやることよ。でも、そういうやり方はかえって逆効果が現れることもあるし、ちょっと惨めすぎるわね。それから第二は、相手の重役さんか、又は直接そのお嬢さんに会って、本当のことを一切話して手を引いて貰うのよ。もし相手が常識のある人だったら、分ってくれるわよ。でもそうしたら——」

「そうしたら? ……」

敏子はにぎりずしを、箸で丁寧に二つに切っていた。

「そうしたら、彼氏は一生あなたを恨むかも知れないわね」

篤子は静かに言った。敏子は黙っていた。二人は音も立てず、忍びやかにすしを食べた。

「一番いいことは、根本原因がなくなることよね」

暫くして篤子が言った。

「わたしが諦めるの？」

「そういう意味じゃないわよ。この問題の根本は何だと思う？」

「根本って？　……」

敏子は、計りかねたように篤子を見た。

「さっき、あなたが言ったじゃない。彼が出世したいから、先方の好意が断れないのでしょう。それはつまり、部長さんが社内の実力者だからでしょう？　もし部長さんが失脚したら様子はすっかり変ってくるわ」

「そんなこと――」

敏子は、淋しそうな笑いを浮べた。

「ないかしらねえ。でも、やり手って、時々やり過ぎるものよ。それに経理部長で将来を嘱望されている人なら、取引き関係からも目をつけられている筈だから、色んな誘惑もあると思うわ。あなたは、その部長さんのスキャンダルを聞いたことないの？」

敏子は、恐れを含んだ目で篤子を見ていた。篤子の考えは、敏子のそれまで一度も考えたことのない、異質なものであった。敏子は先ずそれに不愉快を感じた。

「そんなこと、どうするの?」

「もしあれば調べるのよ」

「わたしが?」

「それはそういう商売人に調べさせればいいわ。秘密探偵社なんかで、一万円も費用をかければやってくれるわよ」

敏子は、遠い所の話を聞いているように黙っていた。

「もし具体的なものが摑めたら、それを部長さんより上の人達とか、反対派とか、組合の幹部とかにばらまくのよ」

篤子は、得意げに喋っては、敏子の反応を窺った。敏子はむしろ困惑の表情を現わしていた。

「噂というものはこわいものよ。そのことで、もし部長さんがすぐに馘にならなくても、生存競争の激しい所では、旗色が悪くなるわ。それはその後のその人のコースを変えて行く筈よ。つまり主流に乗れなくなるのよ。そして、勤め人という者は、主流から外れた上役と特別な関係を持つよりは、誰とも関係を持たない方が有利なものなのよ」

篤子の話は、敏子にとって、最初は確かに肌ざわりの悪いものであった。しかし篤子が熱っぽい調子で喋っているのを聞いている内に、敏子は何かしら頼もしいものをその中に感じ出していた。

まだ空想に似てはいたが、敏子は、それまでまるで自分の手のとどかない所に颯爽と立っているように思えた部長が、何かのスキャンダルのために脆くも失脚して行く可能性を考えて見ることが出来た。

「どう？　そういう手は——」

篤子は、落着いて、熱い番茶を呑み下しながら敏子を促した。

「もっとも、相手がほんとに立派な人で、乗ずる隙がなきゃ、どうしようもないけどね」

敏子は相変らず黙ってすしを箸で二つに切っていた。それは、そういうことの可能性について、考えを回らしている風に篤子には見えたようである。

「女性関係で何かない？」

敏子は首を振った。

「あるとすれば、やはり立場上金銭関係ね。——そう言えばひとつあるわ。頼りない話だけど、わたしは帳簿の記帳をやらされているから分るんだけど」

「どんなこと？」

「わたしの会社はね、沢山の販売代理店があるんだけれど、原則として代理店はうちに対して現金決済をするのよ。その中で一軒だけ手形を入れてる店があるのよ。二カ月位の手形だけど」

「便宜を計ってるわけね。どの位の金額なの？　取引きは」

「月によって違うけど、大体そうね、五六千万円位かしら」

「そうすると、どうかしら、二カ月の利子だけでも、そうね、七八十万になるんじゃない？」

「大きいわよね」

「そういうことは、経理部長だけで出来るの？」

「一人だけで決めるのかどうか知らないけれど、でも部長がその積りになれば、出来ることだと思うわ」

「ある特定の店だけなのね」

「そうなの」

「その二カ月分の利子を山分けしたって、相当になるじゃない？」

「でも、証拠はないわ」

「だからさ、秘密探偵社に頼んで調べさすのよ。誰もあんたなんかが、そんなことを頼むとは思いもしないわ」

「分らないかしら」

「分らないわよ」

「でも、こわいわ」

「何が？」

「探偵社なんか行くのが」

「平気よ。向うだって商売ですもの。あんたは、誰かの使いの者のような顔をしててもいいじゃないの」

二人はすしを食べ終っていた。敏子は、笹の葉だけになった容器の底に目を落しながら考えこんでいた。まだ彼女には、二人で話しているようなことが、とても現実的なことには思えなかった。

　店の方では、二人の女の子達が又働き始めた。そして篤子は、立って指図に行った。女達に、縫い方や、刺繍の使い方について、ずけずけ注意を与えている声は、既に敏子の問題など忘れ去っているような響きを持っていた。

　敏子は、コートを手元へ引き寄せた。

「わたし、帰るわ」

「帰る？　ゆっくりしてっても貰いたいんだけど、こんな風じゃね」

「いいわよ。映画でも見ようかしら」

「映画見る？　あんた、子供の見るようなのは嫌い？」

　篤子は、敏子の方へやって来た。

「どんなの？」

「ディズニーのさ。駅へ行く途中にあるでしょう。あそこでやってるのよ。この子がさ、折角楽しみにしてたのだから、見せてやりたいと思ってさ。わたしはちょっと行けないし」

「そうね」

　敏子は、洋子の方を見た。洋子は上げていた目をあわてて伏せた。そして、

「わたし、いいわ」

　と言った。

「だって、洋子ちゃん、見たがってたじゃないの？」

洋子は黙った。

「そうね。行くんなら、連れてって上げるわよ」

と敏子は言った。しかしそのことにこと更、気が進んでいるわけではなかった。只、可哀そうな境遇の子供に対する義務のように感じたのであった。境遇が哀れであることについては、彼女自身も同様であった。しかし、だからと言って同じ哀れな境遇の者に親しみや同情を感じはしなかった。

「行ってらっしゃい、行ってらっしゃい。どうせお父さんは遅いんだから、そしたら洋子ちゃんが帰ってくるまでには、お父さんが迎えに来てるわよ」

篤子は、自分が仕事に追われて、子供にかまっておれないので、渡りに舟のように思っているらしかった。

3

洋子はあまりはきはきと自分の意志を表わす子供ではないようであった。母親を失ったことの影が既に、その心に現れているのかも知れなかった。

既に外は暗くなっていた。敏子は、赤い短かいオーバーを着た洋子の手を引いて、篤子の店から出た。そのオーバーでさえ、何処となくその子には似合っていなかった。何か着せて置けばいい、女の子だから赤い色にすればいいという、男親の無神経さがそこにあるようであった。敏子はそれに対して一種の軽蔑と腹立たしさを覚えはしたが、その子供に同情は感じなかった。

駅へ行く大きいバス通りの途中、横丁に入った所に、あまり大きくない映画館があった。敏子は子供の手を引いてそこへ入ろうとした。映画館の向うの隣が証券会社の出張所のようなものになっていたが、その木造モルタル塗りの二階の窓に、内側から貼りつけられた看板が、敏子の目をとらえた。

関山秘密探偵社と、紙に書いて窓に貼ったその文字が部屋の中の明りに浮いて読めた。敏子は、何か自分がからかわれているような気持がした。今篤子と話して来たばかりの探偵社が、そんな近くにあるというのは、滑稽な出来事のようであった。篤子はこの事務所のことを頭に置いて話したのであろうか。そんなら、そのことを言う筈であろう。恐らく篤子もこの事務所のことは気がついていなくて、只勝手な思いつきで言ったのに違いない。

その二階には、表から直接上れる階段がついており、階下とは別になっていた。それからよく見ると、探偵社のほかに麻雀という大きい文字もあるから、二階は幾つかに仕切って別々の所が借りているようであった。

従ってその関山秘密探偵社というものも、恐らくそんな大きい立派な事務所ではないに違いない。それが、敏子の気持を幾分楽にした。それよりもしかし、今篤子と話して来たばかりの所に、偶然それが目についたということが、何か運命の手引きのようなものを感じさした。このあまり立派ではなさそうな探偵社を発見したという偶然が、彼女の幸福を開いてくれることになるのかも知れないのだ。

敏子は、洋子をふりかえった。子供は映画館の看板を見上げていた。

「ねええ」

敏子は子供の顔にかがみこんだ。

「ちょっと、おばちゃんご用が出来たのよ。洋子ちゃん一人見て頂戴ね」

洋子は敏子を見上げた。子供の顔には敏子の言ったことに対する反応は現れていないようであった。

「ね、おばちゃん切符買って上げるからね」

敏子は、子供の切符を一枚買った。勿論、探偵社へ行くのは、今すぐでなくてもよいわけであった。しかし敏子は、第一に何か運命的な前兆を感じて、それを逃がしたくない気持があったし、第二に、今それを実行に移さなければ、あとはきっと気遅れがするだろうという心配があった。

敏子は、切符のほかに百円の硬貨を子供の手に握らした。

「中で、チョコレートでも買って食べなさいね。済んだらすぐ帰るのよ。近いから一人で帰れるわね」

洋子は、手に持たされたものを見つめて、ぼんやりと頷いた。敏子は子供を離れた。そして証券会社の事務所の所でふりかえると、子供は、まだ映画館の入口の所に立って、敏子の方を見ていた。敏子が手を振ると、子供は体を向うへ向けた。敏子は、二階へ上る急な階段の方へ進んだ。

階段を上って行くと、麻雀の牌(パイ)を掻きまぜる音が、驟雨(しゅうう)のように降って来た。階段に近い所のドアの上半分のすりガラスに、関山秘密探偵社と書いてあった。中に明りはついていたが、人の気配はしなかった。暫くして、紙をめくるようなひっそりした音がした。敏子は、息を深くすってドアを叩いた。

「――はい」

中から、しわがれた男の声が答えた。敏子は扉を押した。

四角な狭い部屋であった。扉を開けると全てが見渡せた。敏子が想像していたような、威圧するような重々しさもなかった代りに、何処となく頼りない感じもした。天井も壁も、ベニヤの上に塗料を塗ったような、単純な軽い色をしていた。事務用の机が二つあって、扉の方を向いた方に、只一人の男が坐っていた。小柄で、髪は薄く、小さな凹(くぼ)んだ目をしていた。もし、それがもう三十年も小学校の小使をしている男だと聞かされても、不思議でない顔であった。

横の後の壁には、ガラス戸付の書棚と、鋼製のロッカーとがあった。それだけが、しいて探偵社らしいと言えば言えるところであった。

「ご用ですね、どうぞお掛け下さい」

男は、手で机の前の椅子を示した。書棚の向うからは、牌の音がひっきりなしに聞えていた。

敏子が、何となく落ち着かぬ様子でおずおずと椅子に腰を下すのを、男は凹んだ目でじっと見ていた。そして敏子が坐り終えたところで、

「何か、ご調査ですね」

と愛想笑いを浮べて言った。

「――ええ」

男は、用紙を机の上にひろげて、最初に右肩の日付の所に、三、十三と書き入れた。

「ご縁談ですか？」

「あの――費用はおいくら位かかるんでしょうか」

「そうですね、普通の縁談程度のものでしたら、五千円程度ですね。特別に旅費とかその他の費用がかかればその実費を頂戴します」

「あの、今それだけ持ってないんですが」

「いや、分割して支払って頂いて結構です」

「そうですか。――実は縁談ではないんです」

「なるほど――」

「それに調べているということを、絶対に相手は勿論、関係者に知られたくないんですけれど」

「なるほど。勿論その点は信用して頂いて結構です。十分注意してやりますから。それからあなたに対する通信も、私個人の住所氏名でやります。それでは、ひとつご用向きのことをおっしゃって下さい」

敏子は、自分がその部下であることは伏せて、部長が、その取引先との間に不正を行っていないかという疑いについて話した。話している内に落ち着きを取り戻し、この企（くわだ）てを決して徒労に終らせてはならないし、又終らないであろうという積極的な自信が湧いて来た。

三十分ばかりして、敏子はそこを出た。映画館の前を見た。無論洋子の姿はなかった。敏子は駅へ急いだ。

4

夜の十一時頃、敏子ははす向いの果物店から、呼び出し電話の知らせを受けた。篤子からであった。

「あんた、洋子をどうしたか知らない?」

詰(なじ)るような、とげとげしい声であった。

「どうしたって――いないの?」

「帰ってこないのよ」

敏子は、始めて子供と一緒に映画を見る積りで篤子の家を出て来たことを思い出した。

「どうしたんでしょう。わたしねえ、急に用事が出来て、それで切符を買って、一人で見るように言って映画館の前で別れたのよ」

「じゃ一緒じゃなかったの」

篤子の声は、驚いたように一層かん高くなった。

「そうなの」

敏子は、弱々しく答えた。

「こまったわ。お父さんはもう来てるのにあんまり子供の帰りが遅いので映画館まで迎えに行ったら、もうとっくに終ってるでしょう。わたし、あんたが連れて戻って来てくれるものだと思ってたわ」

「悪かったわ」

「今更そんなこと言ったって。どっかへ連れて行かれたのかしら」

「そんなことあるかしら――」

敏子は、怯(おび)えた声になっていた。

「だってさ、自分の家へ帰ったのかしらとも思うけど、お金持ってないでしょう?」

「ああ、お金なら持ってるわよ」

「どうして?」

「お菓子でも買いなさいって、百円上げたのよ。切符と一緒に」

「そう? じゃそうかしら。もう一度家の方に連絡して見るわ」

「ほんとに申しわけなかったわ。なんでもなきゃいいけれど――」

敏子の言葉を半分聞かない内に篤子は電話を切った。敏子は、雨戸を閉めている店の者に礼を言って、家へ戻った。冷たい恐れの感情がその胸の底に墨のように澱んでいた。しかしその後篤子からは何の連絡もなかった。

敏子は、翌日いつものように会社へ出勤した。会社は新しい大きいビルの中にあった。天井が低く、間仕切の殆んどない、広い空間に四角な太い柱が行儀よく並んでいた。その間に机が幾つものブロックに分れて、並べられてあった。外に面した壁には一杯のガラスが張られていたが、部屋の中央部あたりでは、天井にはめこまれた蛍光灯(けいこうとう)が点けてあった。

敏子と、大友ははす向いに向き合って坐っていた。二人は朝から言葉を交していなかった。敏子の胸の中からは、昨日別れた時の怒りは消えていたが、その代りに重くるしい緊張がわだかまっていた。

明日定期健康診断を行うという回覧が隣の課から回って来たので、敏子はそれを持って大友の机の所へ行った。

「どうだった？　ゆうべ——」

大友は算盤を弾いていた手で顔を撫ぜるようにした。

「ああ、参ったよ。部長は強いや。あとでバーへ連れて行かれてくたくたさ。まだ指がむくんでるみたいで算盤が動きゃしない」

「そおう」

「部長は丈夫だよ。今朝は早くからゴルフに行ってるんだろ」

「そうらしいわ」

「ま、勘弁してくれよな。その内埋め合せをするからな」

大友は声を落してそう言った。

「いいのよ」

敏子は自分の机へ戻った。しかしあまり仕事に気が入らなかった。彼女には一つの不安があった。それは、関山がここへひょっこり何かを調べにやって来はしないかということであった。敏子は、自分がここに勤めている者であることを関山に隠してあった。そして部長の勤め先へ行って聞いたりしないようにと頼んでおいた。

　そういう制限をして、関山がどうして問題を調べるのか、敏子には分らなかったけれど関山は彼女の要求を引き受けてくれた。しかしそうは言っても、関山がその約束を破って手っ取り早くここへ調べに来はしないかという不安は拭えなかった。

　廊下からの扉を人が出入りする度に、敏子はそれを注意していた。幸いしかし、関山は現れなかった。あるいは今日はまだ敏子の件に掛っていないのかも知れない。

　敏子は時々大友の方にも視線を向けた。大友はそれに気がつくと、くったくのない微笑を浮べた。それを見ると敏子は自分の思いすごしではなかったかという気が、ふとするのであった。そうすると昨夜、篤子にそそのかされてやったことが、大それた悪事のように思えて来て、まるで自分が犯罪者になったような重苦しい不安が腹の底に冷たく沈んだ。

　昼になっても、敏子は食事に行く気になれなかった。大友の姿を求めるように屋上に上ると、大友は、そこに作ってあるバスケットのゴールに向って、同僚達と球を投げていた。敏子は日当りのよい壁に背をもたせてそれを眺めていた。その内、大友が気がついて、敏子の傍へやって来た。敏子は、弱々しく眩しそうに頰笑んだ。

「なんか元気がなさそうだぜ」

　大友はタバコに火をつけてライターの蓋をパチッと言わせた。

「――ねええ」

　敏子は目を伏せて、甘えるように言った。

「なんだい」

「あのねえ。わたしほんとのことが知りたいの」

「どんなことさ」

「部長さんのお嬢さんのことよ」

「ああ──」

大友は気軽に言って、あたりを見回した。バスケットのゴールの下では、女も交えて相変らず四五人の者が、ボールをかわるがわる投げ上げていた。屋上の縁に回らした高い金網の所には、胸を張って遠くを眺めている男や、お互いの背に手を回して二人連れで立っている、事務服の女達などがいた。

「別にどうということじゃないんだよ」

「隠さないでいいのよ。ねえ、大友さんは部長さんのお嬢さんが好きなの?」

「飛んでもねえ」

大友はわざとぞんざいに言った。そして続けて、そのお嬢さんの悪口を言いそうな口振りであった。それを優しく押えるように敏子は、

「わかったわ」

と言った。

「でも、でもそのことは、部長さんと大友さんとの間で一度は話題になったんでしょう?」

大友は何か考えているように、すぐには返事をしなかった。

「冗談みたいにね、部長がそう言ったことはあるさ。だいぶもう前の話さ」

「部長さんが、大友さんを特別の目で見ているのは、わたしにも分るわ。結局大友さんとしては、部長からそういうことを持ち出されると、とても返事に困るわけなのね」

「困りゃしねえよ。いやなものはいやだって断っちゃやいいさ(ママ)」

大友は、不良っぽい言葉使いで言った。それは、彼の本心が必ずしもそうでないことを示しているようであった。

「大友さんが、自分の将来のために、その方がいいと考えてるのなら、わたしも仕方がないと思うわ」

「なーに言ってんだ。そんなことあ考えてもいねえよ」

大友は不快を感じているようであった。目で笑おうとして、頰の筋肉がぴくぴくと震えていた。

敏子は、男の心に空しさを感じた。それはビルの屋上を通って、煤煙で霞んだ港の方に向って駆けて行く風に似ていた。それは又、がらんどうになった彼女の胸の中をも吹き抜けていた。敏子は、壁から体を離して、エレベーターのある方へ向った。

5

三日後、関山からの書留速達が届いた。敏子が、自分の部屋にしている日当りの悪い三畳の部屋へ入ると、小さい机の上にそれがきちんと置いてあった。恐らく母が受けて置いたものであろうが、取り片づけられた机の真中にきっちりと置かれた封筒は、それを置いた者の関心を現わしてもいるようであり、又すぐ手に取れないような重さを感じさせた。

敏子は、暫くその封の裏の関山信太郎という、太書きのペンの跡を眺め、丸い顔の、小さな凹んだ目を思い浮べた。彼女は、今だに自分が探偵社へ行ったことの当否については判断をしかねていた。しかし彼女の投じた一石は既に関山を動かしてしまっている。今更止めようはない。それは彼女の責任であったが、彼女はそれを自分と遠く離れた所で起っている出来事のように見ようとしていた。

敏子は机の前に坐って、鋏（はさみ）で封を切った。中に入っていたものは、リコピーで複写してホチキスで止めた報告書であった。表紙に、森井八郎（もりいはちろう）に関する調査報告、その一と書いてあった。

二枚目の紙から、Dセメント経理部長、取締役森井八郎のことが細かく書いてあった。本籍から出身学校、経歴、家族、趣味、加入している団体等、詳細に書きしるしてあった。その大体のことは、敏子の既に知っていることであり、又あまり興味のないことであった。恐らく紳士録あたりから引き出して、多少尾鰭（おひれ）をつけたものであろうと思えた。それから、そんな労せずして入手出来る役に立たない情報を細かく書くことによって報告書の分量を多く見せかける底意のようにも取れた。敏子は腹立たしさを感じた。

彼女が求めていることについては、お終いの方に少しばかり言及されていた。

『……森井氏は、同社の主要代理店たる村上商事と特に緊密な関係にあるのではないかということは、次の点からその疑いが持たれる。

一、Dセメントと村上商事との取引額は、本年上半期において約三億六千万円に及ぶが、その内約二億円が約束手形によって支払われており、これは他の代理店が殆んど現金で決済をしていることと、著しく異っている。

二、森井氏は、代理店からの代金支払の処分について、独断的権限を有している。

三、森井氏は、村上商事の専務取締役、村上進氏とは、特に懇意な間柄で、同じにカントリークラブの会員であり、日頃ゴルフをともにしている。最近の事例では、三月十三日の夜会食をし、翌日はゴルフ場で一緒に一日を過した。

このような点から、森井氏に背任の事実があるのではないかと考えられるのであるが、具体的には、今後の調査に俟たなければならない……』

関山の報告書は、大体そのような文面であった。書類の体裁はなかなか形式ばってはいたが、敏子はそれを読み終って、何処となく頼りないものを感じた。書いてあることにあまり内容がないし、調査のために特別努力しているようなところが感じられなかったからだ。

関山に仕事を頼んで、大変な騒動が起きるのではないかという不安が、少し軽くなると同時に、あまり役に立ちそうにない、いい加減な男に頼んだことに悔いを感じ出していた。敏子は、手紙を封筒に入れると、洋服だんすの引出しを開いて、下着類の下へ押しこんだ。

翌日、敏子はやはりいつものように出社した。大友は敏子と目が合うと、爽やかな、親しみを込めた微笑を送った。しかし、デイトのことは口に出さなかった。

昼の休みに、敏子はがらんとした部屋の真中で、一人でレースの手袋を編んでいた。大友のことと、部長のこととが、頭の中でどうどう回りをしていた。しかしその顔は無心にレースの編目を追っているようであった。

快活な大股の靴音が彼女の背後に迫った。

「ちぇっ、きれいに誰もいねえんだな」

若い声が言った。敏子は手をとめて後をふり向いた。その前へ、村上商事の重田（しげた）という社員が近寄って来た。

「だって、おひる休みよ」

と敏子は言った。

「弱ったなあ。ひる前に来いと言われてたんだけどさ。二三軒、取り下げのある所を跳び回ってたら、過ぎちゃったんだ。靴は減るし、腹は減るしさ――」

重田は、敏子の横の椅子にどっかりと腰を下すと、タバコに火をつけた。そして、天井を見回した。

「どうせ勤めるんなら、こんな所で勤めてみてえな。冬は煖房、夏は冷房。おれん所なんかは、冬は冷房、夏は煖房だからな」

「誰に呼ばれたの？」

「課長さんさ」

敏子は編物を続けていた。

「なんの用？」

「今月の入金の計算の打ち合せじゃないのかな」

「儲かってるんでしょう」

「どうだかね。こっちの給料にゃあんまり響いてこないね。課長出かけてるの？」

「食事でしょう？」

「じゃ待ってるかな」

　重田は、机の上にあった新聞をひろげて、その上に目を移した。敏子は黙って編物を続けていた。

　しばらくして、敏子は、両手を机の上に置くと、重田の横顔をじっと見つめた。やがて重田がその視線を感じて、彼女の方を見るまでそうしていた。

　重田は、なんだい——というような戸惑った薄笑いを浮べた。

「ねえ、重田さんは知らない？」

「何をさ」

「うちの部長さんと、おたくとは何か特別な関係があるんじゃないの？」

「どういう風なさ」

　重田は新聞紙を畳んだ。

「おたくの専務さんと、とても仲がいいらしいじゃないの？　おたくからの入金はいつも特別に計らってるように思うんだけど」

　重田は、あたりを憚（はば）かるような含み笑いを顔に浮べた。それは満足げな色をしていた。

「そうかも知れませんね」

「そうでしょう?」

「まあ、特別だろうね」

「おたくの専務さんとお友達なのかしら」

「今じゃね。しかし、そうなるまでには、専務もいろいろ苦労してるだろうよ」

「じゃ、相当やってるわけね」

重田は、敏子から視線を外して、畳んだ新聞紙で、机の上をとんとんと叩いた。

敏子はレースの手袋を取り上げて編み出した。

「ああいう偉い人達の世界って、どんなんでしょうね。わたし、時々想像するわ。自分の周り中に仕事があって忙しそうで、どれを取っても、なんか面白そうで、いいことがあって——」

重田はやはり、机を叩いていた。目は向うの窓の方をぼんやり見ていた。

「人間は、偉くならなきゃ嘘だね」

「でも、みんながなれるわけじゃないでしょう?」

「ここだけの話だけどね」

と重田は、うっとりするような力のない声で言った。

「森井部長には、毎月十万位のものは出してるんだぜ。もっとも、こっちはそれ以上のことを面倒を見て貰ってるんだけどさ」

「それは、みんなポケットマネーね」

「そうだろうね」

「わたし、その十分の一でもいいわ」

「こっちは、その又半分でもいいや」

「情けないのね」

「出張しても汽車賃は要らないし」

「なに？」

「森井さん大阪へ行くんだろ？」

「そうお？」

「帰りの切符を頼まれたよ」

「変ねえ――」

敏子は、手を机の上に置いた。

「出張すれば、誰だって切符は会社で手配してくれるでしょう。ただなのは当り前よ」

「帰りも？」

「乗る列車が分ってればね。何れにしろ、自分でお金を出す筈はないわ」

「そうだな。じゃ、どうしてうちに頼むんだろ」

「自分で買うのが面倒だからよ」

「おたくの支店で買わせればいいじゃない？」

「そうね」

敏子は首を傾げて、又編物を始めた。重田は欠伸をするように両腕をひろげ、そのまま退屈そうに黙りこんでしまった。

「ねええ――」

暫くして、敏子が小さな声で言った。重田は又彼女の方を向いた。

「部長さんの帰りの列車はいつのなの？」

重田は、黙って体を動かして、上着の内ポケットに手を入れた。

「あなたが持ってるの？」

「届けるように頼まれたんだよ」

重田は切符を眺めた。敏子はそれを覗きこんだ。

「あさっての大阪発九時の特急だな」

「そお――」

重田は切符をしまった。敏子は編物を続けた。

昼の休みが終ると、敏子はゆっくりゆっくりと支払伝票のそろばんを入れながら、重田から聞いたことを考えていた。それは確かに、敏子が狙っていることが、あまり見当外れの空想でないことを物語っているようであった。

森井部長と、村上商事との間には、何らかの裏面の取引きがあるように思えた。しかし今迄得られた材料――関山の通り一遍の報告や、重田の無責任なお喋り程度を取り上げただけでは、とても森井を攻撃する力にはなりそうになかった。

それでは、どうしたらよいか。敏子の気持は少しずつ進んで行った。関山があまり頼りにならないということと、幸運にも重田から聞き出せた僅かなこと柄とが、自分でもう少し積極的に調べて見られないだろうかという気持を抱かせた。

そこで彼女が、ひっかかったのは切符のことであった。彼女は、会社の重役達の日頃は大変に多忙であって、そのスケジュールというものは、その部の庶務できちんと決め、行く先々の乗物とか会場とかの手配も全て遺漏（いろう）なく整えておくものだということを知っていた。

従って、部長が関西へ出張するとすれば、その出発の時の送りの車から、帰りに駅へ迎えに行く車までちゃんと考える役目のものがいる筈であって、部長が、村上商事へ切符を頼むということは不思議なことであった。切符を業者に買わせて、旅費を猫ばばするようなことを、部長がやるとは思えなかった。しかし、重田が嘘をつく筈もないから、部長が切符を買わせたのは本当であろう。

敏子は、机の前の受話器を取り上げた。取り上げてから、暫く考え、躊躇（ちゅうちょ）した。それから部の庶務の番号を回した。同僚の女子職員が出た。

「ちょっとお伺いするけど、部長さんは関西出張からいつお帰り？」

「部長さん……」

相手は、ほかの誰かに尋ねているようであった。

「――しあさっての朝ですって、おひるには出社の予定ですって」

「そう、しあさってね。しあさっての朝、東京に着くのね」

「そうよ。何か用があるの？　――なんなら言っておきましょうか」

「ううん、いいのよ。どうもありがとう」

敏子は急いで受話器を置いた。そして再び算盤を始めた。しかしいつもはよく動く彼女の細い指が、可笑（おか）しいほど震えた。

これで、森井部長が、なぜ村上商事に帰りの切符を頼んだのか分った。会社での公式のスケジュールは、部長はしあさっての朝東京に到着して、正午には出社するということになっているのだ。そして勿論その切符は買って部長に渡してある筈である。しかし彼は、その前日の夕方に到着する別の切符を用意している。つまり、会社の知らない一夜を、部長は東京で過すことが出来るのである。

なぜ、彼はそれを隠すのであろうか。その夜、彼は何処で何をして過すのであろうか。

敏子の指の震えは、いつまでも止らなかった。

6

東京駅の中は、丁度勤め帰りのラッシュであった。敏子は、八重洲（やえす）中央口の待合室で時間を待った。

列車の到着予定時刻の五分前に、彼女は待合室のソファーから体を起した。両手をコートのポケットに突っこみ、ハンドバッグをその一方にぶら下げて、人々が慌（あわただ）しく行ききするコンコースの中を改札口に向って真直ぐに歩いた。

彼女は、顔の皮膚が、乾燥した冷たい風にさらされているように、引き緊っているのを感じていた。改札口を入ると、列車到着ホームの階段の下へ来た。彼女は一度階段を見上げ、そしてやはり両手をコートのポケットに突っこんだまま、こつこつと段を登って行った。

森井部長の乗っている客車番号は、憶えていた。しかし東京駅には六つの出入口がある。そのどれから森井部長が出るかは分らない。ホームからつけて行くより方法がないのだ。

敏子は駅員に、一等車の着く場所を尋ねて、その近くへ行った。

やがて列車は予定通り入って来た。車の各入口から、乗客がぞろぞろと続いて降りて来た。敏子は、少し離れた所に立って、それを見守っていた。森井部長が、革の旅行鞄を一つぶら下げて下りて来ると、ほかの人達と同じように、大股にホームを階段の方へ向って歩いた。ある間を置いて、敏子はその後に従った。

森井部長は、丸の内側の南口に出た。出るとすぐ構内タクシーの乗場へ向った。会社からの迎えの車は手配してなかったのだ。敏子は森井部長の乗ったその後の車に乗りこんだ。部長は、自分を尾行している人間がいるということは、考えてもいそうになかった。

「あの車について行ってね。でも、あんまり傍へ寄らないでよ。知られたくないんだから」

敏子は、中年の運転手に気軽に柔らかく言った。道路は何処も夕方のラッシュで混んでいて、車は思うように進まず、沢山の車の中にうずまって、前の車を見失いそうにもなった。

森井部長を乗せた車は、南の方へ向っていた。芝から目黒の方へ抜けた。そして目黒駅の手前の方で、電車通りから折れて屋敷町の中へ入った。一つ二つ角を曲って暫く行くと車は止った。

車の止った前には、ブロックの塀があって、その中に、コンクリートの四階建のアパートが一棟、道の方に向いて立っていた。森井が、旅行鞄を下げて、石の門を入るのを見届けると、敏子は車を下りた。

車が去ると、あたりはひどく静かで、既に夕闇が迫っていた。道の両側を形造っているものは、様々な形の塀であって、殆んど人通りも見られなかった。敏子は急ぎ足で門の所まで来た。建物には四つの階段室がついていた。敏子が門の所迄来た時、森井部長の姿が、向うから二つ目の階段へ消えた。

彼女は、階段室の入口に行った。上へ登って行く足音が聞えていた。コツコツとコンクリートの段を踏む音が、静かな空間にこだましていた。そして、きしるように踊り場を回る音がそれに次いだ。敏子は耳を澄した。

やがて足音が止った。それから暫くすると、扉の閉る音がした。敏子は、森井部長の入った部屋が、三階の右側であると判断した。彼女は階段を昇り始めた。踵の細いハイヒールの音が、いやおうなくコンクリートの壁に響いた。

三階に来ると、彼女は足を止めずにそのドアの横を見た。勝田と書いた小さな名札が入っていた。敏子はそのまま四階へ上り、それから降りて来た。下へ下りると、建物の裏側へ回った。ひとつひとつの部屋にベランダがついていたが、三階のその部屋の所には、女の下着が干してあった。

建物はひっそりとしていた。何処にも人の気配がなかった。まるで、建物全体がそっと息をこらしている生き物のようであった。敏子は、小さく身震いをするとアパートを後にした。

敏子は、森井部長の家が、駒込の方にあることを知っていた。なぜ部長は、そこへ帰らないで、目黒のアパートに来たのであろうか。彼は自分の身近かな者には知らせないで、出張の日取りを変更しているのである。恐らく自分の家にも知らしていないことであろう。

敏子は、あのアパートの三階の部屋に、部長の愛している女がいると考えて間違いないと思った。そしてその費用を、部長は村上商事から受け取る金で賄(まかな)っている。そのために彼は村上商事に対して特別の取り計らいをしている。

もし、それが事実であって、はっきり立証することが出来、又それを関係者が知ることになれば、今後の森井部長の将来の運命はまるで変ってしまうに違いない。しかし、それをどうして立証したらよいだろうか。あの、勝田と書いた扉を押し開けて入ることは、敏子には出来そうになかった。

電車通りへ出た所に、公衆電話のボックスがあった。それが目に止ると、敏子はその扉を開けた。ハンドバッグから手帳を出して、関山の番号を探すとダイヤルを回した。

「はい、はい」

関山の無愛想な、しわがれた声がすぐに出て来た。敏子は、関山が、部屋の中に一人で机に坐っている様子を想像した。何処へも出かけていない。あまり忙しくないのだ。

敏子は、やはり自分が森井部長の所に勤めているということは、なるべく察しられないように言葉を変えて、森井部長が村上商事から金を受け取っていることと、目黒のアパートに愛人を囲っているらしいことを伝えた。関山は、ひどく興味を持ったらしく、盛んに合槌を打ちながら彼女の話を聞いた。頼りないようでもあるし、お人よしにも見えた。敏子は、そのことをもう少し突っこんで確証を摑んで貰いたいということを関山に頼んだ。

「いいでしょう。やりましょう」

関山は、気負った調子で答えた。

敏子は、家へ帰った。家でもあまり家族と口をきかなかった。彼女は自分が全ての人から孤絶しているように感じていた。

彼女は、関山からの返事をひそかに待ちながら、毎日出社して、静かに働いた。大友はやはり彼女を誘わなかった。敏子も自分の方から言い出さなかった。彼女にとって、この問題が決着するまで、安心して男と会えないような気がしていた。もし成功すれば、何も心配することはなくなるだろうし、又反対に不成功に終れば、その時はもう男に取りすがって行く気力を無くしているかも知れないと考えた。目の前に大友を見ていると、時々無性に彼が欲しくなった。しかし、敏子はそれを押えた。誰ともあまり話をしなかった。

篤子の所へも、あれきり顔を出さなかった。行くえ不明になったという女の子のことも気にはしていたが、それきり連絡がないのだから大したことではなかったのだろうと思って見た。

敏子の方から積極的に連絡しなかった理由はそれまでも、篤子の所には、たまに淋しくなると思い出したように訪ねるという程度であったのだが、彼女にも、本当に探偵社に仕事を頼んだということは話したくなかったからであった。

次の週になった。会社から帰った敏子を、関山からの二回目の報告が待っていた。

7

報告書は、最初、大変苦心していろいろ調査し、そのため多くの時間を要したということが強調されていた。

『……さて、森井部長と村上商事との間に行われているという金銭の授受の点については、次の通りである。

一、毎月五万円が村上商事から森井部長に渡される。その日時は大体月末である。その金額は、村上商事の営業経費の内から落されている。森井氏からの領収書はなく、村上専務の伝票によっている模様である。

二、支払の名目は顧問料である。即ち、森井氏は、村上商事の経理上の運営に関しての指導を委嘱(いしょく)されていて、その報酬として金五万円を受け取っているものと思われる。

三、ある会社の役員が他の会社の役員を兼ね、又顧問、相談役等の名目でその経営に関与していることは、違法ではなく、森井氏の場合も、社内において公然たる事実である。

四、従って、この五万円の報酬のために、村上商事からの入金について特別の考慮を加え、そのために自社に対して不利益をもたらしているということは立証出来ない。

五、村上商事の代金が、他の代理店のそれに比べて約束手形の比率が多いことは事実であるが、それは一時経営に齟齬（そご）を来たした同社を立ち直らせようという、Dセメント会社側からの考慮による経過的処置であると見られる。セメント会社としても他のメーカーとの競争上、自社側の代理店を育成することは重要な問題であることは勿論である。

次に、目黒の三光荘にいるといわれる勝田なる人物との関係について調査したところを取りまとめると以下のようである。

一、勝田なる人物は男性である。

二、勝田氏と森井との関係はゴルフ友達であると同時に麻雀友達である。

三、森井部長が関西から帰った夜は、勝田氏の知人二名を含めて、同アパートで麻雀で徹夜をしている。このことは近所のそば屋から、同夜四人分の丼（どんぶり）を届けたことでも明らかである。

四、森井部長の関西出張の際、切符の手配が済んだあとで、予定の変更があった模様で、彼はその夜を、かねて勝田氏から誘われていた麻雀のために過そうと考えたらしい。これは森井氏個人の事情であったため、表向きには予定を変えず、切符の手配を村上商事に頼んだので、その代金は払っている模様である。

五、森井氏は家に知らせず、一夜の麻雀を楽しんだが、これは彼個人の家庭問題であり、何ら不当なことではない。

六、従って森井氏が三光荘に妾（めかけ）を置いているという観測は成り立たない。

以上のように、本調査の結果は、貴殿の見込みに対して、著しく食い違うものであるが、客観的事実は如何とも致し難く、又先入主観的偏見は、かえって貴殿に不利をもたらすものと考えられるので、調査の結果をありのまま報告する次第である……』

敏子は、報告書を机の上に置いて、暫くぼんやり坐っていた。

彼女の見込みは、全て崩れ去ったと言っていい。しかし、彼女は何か釈然としないものを心の奥に感じていた。それは、関山に対する当初からの不信の念が基本になっているのかも知れなかったが、この報告書の文面自体に、何処かひっかかるものがあった。

最初の村上商事との金銭関係については、如何にも、森井個人がそのことを人に聞かれた時弁明しそうな言葉が、そのまま使われているという感じである。

次に目黒のアパートの件は、敏子も勝田という人物が男か女かは確かめていない。ただ前後の様子と、ベランダに干してあった下着から、女だと考えたのである。下着が干してある以上、少なくとも女がいることは間違いない。敏子は関山と電話で話した時、下着のことを言ったかどうか憶えていなかった。

麻雀は、あるいはやったのかも知れないし、四人分の丼も取ったかも知れない。しかし疑えば、麻雀で徹夜になったかどうかは、まだ分らない。夜中まで麻雀をして、二人は帰ったかも知れない。勿論その二人は事情を知っている者に違いない。

関山が、麻雀で徹夜をしたということを何処から調べて来たのか分らないが、夜中に丼を四人分取ったことと、森井部長がその夜家へ帰らなかったということからだけの推測なら、まだ充分とは言えない筈である。

しかし、関山は勝田という人物について、ある程度のことを調べている。それは、森井部長に対する村上商事からの報酬の問題についてもそうである。前の報告書と違って、今度は関山も、少しは調べているらしい。それにも関わらず、その結果は森井部長を弁護するような形になってしまった。

それは、事実がそうなのかも知れない。それならば止むを得ないことであるが、関山の調査が不徹底なのか、あるいは森井部長の方が役者が上なのかも分らない。敏子は、篤子から暗示を受けるまでは、森井部長の私生活を曝き立てて、失脚させるという非常手段に思いもつかなかったのであるが、今それに乗りかかって見ると、ここで投げ出すのは、どうも心残りであった。

敏子は、浮かぬ顔をして、報告書を、洋だんすの引出しに納いこんだ。

翌日、敏子はひる前に、会社のエレベーターから出てくる関山に会った。敏子が一階下の営業部の部屋へ書類を持って行こうとして、廊下を歩いている時であった。距離もあったし、関山は敏子に気がつかない様子であった。彼女は急いで階段を下りた。そして振りかえると、関山は廊下を経理部の方へ歩いて行った。

敏子はあと戻りをして関山の後についた。関山は庶務課のドアを開けて中に入った。その廊下は建物の中心線を貫いて、エレベーターホール、階段室、手洗い等を結びつけていた。薄い色の滑らかな塗料で仕上げられた壁に挟まれ、天井からのぼんやりした蛍光灯で照明されていた。清潔ではあるが、非情な社会の内臓のようにも見えた。

敏子はエレベーターの前に戻って、その廊下を見通していた。やかて、関山と庶務の女子職員が廊下へ出て来たが、すぐ向いの部屋へ入った。そこは応接室になっていた。女子職員の方は、すぐに又戻って来た。それから間もなく、その職員が、盆に茶を載せて応接室へ運ぶのが見られた。それから又暫くたって、庶務課の扉から、森井部長が出て来て、彼特有のつっかかるような忙しそうな歩き方で応接室へ入った。

敏子は、抱えていた書類を急いで営業部へ持って行った。そして戻る時、ゆっくりと応接室の前を通った。しかし応接室の話し声が廊下に聞えるような建物ではなかった。廊下には、いつ誰が通りかかるか分らないので、立ち止っているわけにも行かなかった。

敏子は、又エレベーターホールへ戻った。五分ばかりして、部長と関山が部屋から出て来た。出てくるのは関山が先であった。関山はしきりに部長に頭を下げているようであった。部長は、片手を庶務課の方の扉にかけ、片手をズボンのポケットに突っこんで、半身になって、関山に対していた。やがて部長は部屋の中へ入った。関山はもう一度頭を下げると、敏子のいる方へ向って歩き出した。

敏子は手洗所へ入った。彼女には、部長と関山の様子から、おおよその事が推察出来た。関山が何時部長と直接に接したのかは分らない。多分、敏子が目黒のアパートの件を伝えてからであろう。関山は森井部長に会って、そのことを話したのに違いない。関山の報告書は、森井部長自身の話なのかも知れない。

なぜ、関山がそういうことをしたか。それは敏子から得られるより以上のものを、森井から得られると考えたからであろう。一種のゆすりである。今の様子から見ると、関山の目的は或る程度達せられたのであろう。

　敏子は、鏡に映っている自分の顔が、白く乾いているように思った。それは、蛍光灯のせいばかりではなかった。敏子は、自分がここに勤めていることを関山に話してはない。しかし、本名は言ってある。関山は部長に会って、何処まで話したかということが問題である。森井部長は、敏子の名前は知らないであろう。しかし、自分のことを調べる人間には興味を持つだろうから、先ず社内の名簿から目を通すかも知れない。そして、森井部長は、どういう態度に出るであろうか。

　敏子は手洗所を出た。関山の姿は何処にもなかった。彼女は、廊下を戻った。人工の柔らかい光に被われた、四角な細長い空間を歩きながら、敏子は、重役になっているような男と争っても、所詮自分に勝目のないことを感じていた。

　目の前でドアが開いた。足を止めた敏子の前に森井部長が現れた。敏子は、飛びのくように片側の壁に体をつけた。しかし部長は彼女の方を見てはいなかった。心持ち眉をしかめ、何処か遠くを見ているような、むっつりした表情をしていた。彼はそのままエレベーターの方へ歩いて行った。その後から女子職員が、部長の鞄を下げて従っていた。エレベーターの前で、誰かが部長におじぎをしていた。部長はちょっと頷いて、エレベーターの扉の上の灯を見上げた。

8

噂は、退社時間までに、敏子の耳に入った。教えてくれたのは、隣の席の同僚であった。

「部長さん、病気なんだって?」

同僚は、敏子に尋ねるような口調で言った。

「何の?」

「あなた知らないの?」

敏子は、ぼんやりした表情で顔をゆっくり横に振った。

「この前の定期検診でね、部長さんの肺に空洞があるのが分ったんですって――」

「空洞――?」

「結核よ」

「――そう」

敏子は、まだ話がよく呑みこめないと言った顔をしていた。

「入院なさるんですって」

「そんなに悪いの?」

「そうらしいわ」

「だって、あんなに丈夫そうじゃない?」

「そういう人があるんですって、自分では全然感じなくって、病気がひどくなっていて、それで、そのことが分って入院してから、一遍に駄目になっちゃうらしいわよ。そういう人――」

「そう――」

「こわいわ。あなた、何でもなかった？」

「別に――」

「やっぱり、定期検診って馬鹿にしないで、ちゃんと受けとくものね。部長さんなんか、忙しいから、きっと今迄受けてなかったのよ。偉い人だから、うるさくも言えないし。わたし達が受けないでいると、厚生課から言ってくるものね」

敏子は、まだ本当の話のような気がしなかった。ひろげている帳簿の上に、焦点の定まらない目を落した。隣の同僚は算盤を弾き始めた。敏子はそっと目を上げて、大友の方を見た。彼は、目を伏せて仕事をしていた。敏子は暫くその横顔を見ていたが、大友は顔を上げなかった。

敏子にも、経理部長が、入院しなければならないような結核の症状では、その激務は勤まらないということは、想像が出来た。もしそれが事実なら、取りあえずは、誰かが代りをして、やがて別の人が正式に就任し、森井部長は、別の閑職につくことになろう。そして、病状にもよるが、次期の取締役選任は難かしくなるかも知れない。取締役に就任させなければならない候補者は大勢あるし、相互のせり合いの激しいことは、敏子達にも窺い知ることが出来た。

辞退するか、子会社の役員になるか、それは分らないが、出世の主流から遠ざかって行くことは間違いないであろう。

敏子は又目を上げて大友の方を見た。今度は彼も気がついた。目で笑って見せた。しかしその目には、敏子の気のせいか、淋しげな戸惑いが浮かんでいるようであった。

スピーカーを通じて、退社時刻を知らせるベルが鳴った。机の上をしまうざわめきが、広い部屋の中に拡がった。

敏子は、大友の後について行くようにして、同じエレベーターに乗って降りた。そして何気ない風に、大友の後からついてビルを出た。暫く行って、会社の同僚達の姿があたりに見えなくなった所で、大友はゆっくりと後を振り向いた。敏子は急いで、その傍へ寄った。並んで歩き出すと、大友は、

「久しぶりだな。食事でもしようか」

と言った。敏子は頷いて、大友の顔を仰いだ。

レストランの白いシーツを張ったテーブルの前に腰を下してから、敏子は、蒸しタオルで手を拭きながら、

「部長さん病気なんですって?」

と言った。

「そういう話だね」

と大友は答えた。

「そうとう悪いの?」

「そうらしい」

敏子は、話をどう進めていいか迷った。大友が急に食事に誘ったということが、一つの返事のようなものではあったが、しかしそれを確かめて置きたかった。それとともに、折角誘ってくれたのに、妙なことを言って大友の感情を害するのも困ることであった。

食事が運ばれて、それを食べながら、敏子は話を切り出した。

「部長さんのお嬢さんのことは、その後どうなったの」

「うん――」

大友は口を動かしながら、曖昧に答えた。それから少し間を置いて、

「これで、部長も、娘のことどころじゃなくなっただろうよ。僕も、もうあまり悩まされることもないだろう」

と言った。

「大友さんは、チャンスを失ったことになるのかしら」

大友は目を上げてちょっと敏子の顔を見た。苛立った表情が大友の目に浮かんでいた。しかし彼はそれを押えつけたようであった。

「それは、自分が死ぬ時にならないと分らないよ」

「そうね――」

敏子は顔を上げた。皮肉を言ったことに対する詫びの気持と、感謝の念とが、その明るい微笑の中に浮かんでいた。

二人は、それ以後部長のことに触れなかった。食事が済むと、二人はホールへ行って踊った。

敏子は、相手に分るくらい自分の体を押しつけた。

二人が別れたのは十一時過ぎであった。敏子は、私鉄の駅から暗い住宅地の道を歩きながら、まだ自分の頬が火照(ほて)っているのを感じた。頬に手を当てた。頬笑みがひとりでに浮かんだ。道の前後には、誰もいないようであった。右手でハンドバッグをまるく振り回した。

彼女にとって、全ての障害が取り除かれたように思えた。関山に頼んだことは、今にして見れば、全くの無駄であった。部長が病に倒れるなぞということは、考えても見ないことであった。世の中というものは、予測のつかない変転をするものであると彼女は思った。そして、そういう予想の出来ない成り行きというものを、面白いと感じた。

関山に払った金というものも、そんなに惜しいとは思わなかった。いつか、大友と笑い話として話し合うこともあるだろう……。

彼女は誇らしげに胸を張った。人生は興味深く、すばらしい。――小川に渡してある小さな石橋を、彼女はハンドバッグをふりながら渡った。ハンドバッグが腿に当って口を開いた。そして、道に何か落ちる音がした。彼女は、それを拾うために体をかがめた。そしてその姿勢から急に前のめりに倒れると、そのまま、暗い道の上に動かなくなってしまった。

9

「久野君の調べていることは少しは進んでいるのかね」

課長は、そのことを始めて催促した。警部は、課長の不機嫌な顔を見た。

「戸塚と樋口との間に何か関連性が見出せたかね」

課長は、重ねて尋ねた。刑事達は出払っていて部屋は空であった。

「樋口のやられた日から丁度一週間目、ゆうべは女だ」

「又やられたんですか」

「国安敏子、二十五歳。セメント会社の経理部に勤めている平凡な女事務員だ」

「同じ手口ですか」

警部は課長の目に見入った。

「全く同じだね。夜、帰り道の自宅付近。小さな橋を渡った所。後頭部の鈍器による陥没骨折──」

課長は太い息を吐いた。警部は、課長がくわえたタバコにライターの火を出した。

「二人目までは、偶然の類似という可能性の方が大きかった。僕も久野君にやらしている調べの結果について、あまり自信もなかった。しかし三人となると、単なる偶然とは考えられない」

課長は遠くを見て煙を吐いた。

「狂人の通り魔的なものでしょうか」

「そうかも知れない。もし三人の間に何の関係もないとすればだね。それが、あるかないかを調べて貰ってるわけだが」

「今迄あまりはかばかしい報告がない所を見ると、まだ関連性は見出せないのでしょう」

「君はどう思うのだね」

「まだ意見を言う段階に来ておりません」

課長は、冷たい静かな目で警部を見つめた。警部はしばらくして、

「申し訳ありません」

とつけ加えた。

「僕は、この三つの事件の捜査本部を一括して本庁に置くことについて、これから帰って部長に相談をする。そして久野君のやっている方面に対して、もっと人員を振り向けた方がいいと思う」

「一体何でしょうかね」

「何が?」

「三つの殺しを結びつけるものですよ」

「分らない。しかし人生には予想の出来ないことが起る。殺された三人にしても、自分達が、なぜ殺されたか知っていたかどうか」

「そうだとすると、生きているのは恐いことですね」

警部の丸い顔に、白っぽい疲労の色が流れた。課長は腰を上げた。

「ともかく久野君が戻って来たら、国安敏子の件を調べに行くように言ってくれ。そして今度はその三人の関連を洗って貰うんだ」

「分りました」

警部は腰を浮かせて、課長を見送った。

久野と田島は、戸塚と樋口の個々のことについては大抵のことを調べ上げていた。その中には、戸塚と恵子の情事。戸塚がよく飲みに行った業者と料亭。戸塚が恵子に手紙を書かせたことなども含まれていた。又樋口の方では、細谷との関係のほかに、細谷の逮捕ということも入っていた。細谷は何もかも喋ってしまった。そして映画館のことは、全て樋口が計画して指図したのだと言い立てた。

しかしそれらの中でも、まだはっきり突っこめないこともあった。戸塚の投書がどのように公団内部で扱われ、それが佐々木係長や戸塚自身にどのように跳ねかえったかということや、総じて公団関係については、通り一遍の調べしか出来なかった。

それから又、業者との贈収賄関係の具体的事実についても、はっきりさせることは出来なかった。そして、最も分らないことは、戸塚と樋口との関係であった。

久野は、戸塚と樋口を結ぶ細い暗いトンネルが何処かにある筈だと思った。そしてそのトンネルの入口だけは、それと分らずに自分達の目の前にあるのかも知れない。それを見つけ出すのが、当面の彼の仕事であった。彼は恵子をそのトンネルの入口かも知れないと考えた。そして恵子の向う側に繋っている男達を――それは何人もいたが、一人一人当って見た。

それから、樋口の方の側からは、則子に目をつけて見た。則子にも、何人かのボーイフレンドがいた。しかし、いくら久野が掘って行こうとしても、何処も硬い山のようで、すっぽりと穴が明いてくれる所はひとつもなかった。

彼は、田島と並んで重い足を引きずっていた。田島も、今では、この老練な先輩が、何かすばらしい働きを見せてくれるということを、諦めかけているようであった。

久野は、道端の公衆電話から本部へ連絡を取った。そこから出て来た久野は、埃っぽい顔に一層の渋面を作って、田島の顔を見た。

「こうなったら、慌てたってしょうがない。少し早いが、そばでも食って行こう」

「何処ですか」

「ゆうべ、又やられたそうだよ。そっくり同じだそうだ。今度は女だ」

「——へえ——」

二人は、手近に見つけたそば屋へ入って、かけそばを注文した。久野は、汚れたテーブルの上に、古くなった区分地図をひろげた。彼の幅の広い爪をした指が、その上を指した。

「最初が、山手のここだ。一日置いてその次が下町。あれからもう五日経つ。今度は南の郊外の住宅地。三角形を画(えが)いている。殺されたのも、公団職員に、街の与太者に、丸の内に勤めているビジネスガールだ。一体どういうことかね」

そばが運ばれて来ると、久野は地図を畳んで、コートのポケットに押しこんだ。

「どうも、奇妙な取り合せですね」

田島は、割箸を割って、七味とうがらしをふりかけた。

「普通なら、互いに関係のない事件(やま)と考えるのが自然だ。只、手口が全く似ている。同じ犯人(ほし)だと断定出来る位似てるんだな。しかし共通点はその手口だけだ。ほかに何もない。もし何かほかに通ずるものが見つけられさえすれば――」

久野は、言葉をふっつりと切って、そばを口へ運んだ。

「今までは二つだったけれど、今度は三つですからね。何か出て来そうな気がしますね」

「きっと見つけてやるよ」

久野は、はげしい音を立てて、そばをすすった。

10

二人は、そばで腹ごしらえをすますと、国安敏子の殺害事件を扱った警察署へ足を運んだ。そこで詳しい事情を尋ねるとともに本庁の鑑識にも連絡を取って、分っていることを聞いた。それから、警察署を出て、敏子の家を訪ねた。

中流の住宅地の中で、生垣に囲まれた敏子の家は、小さく古びていた。近所の女達が二、三人と、子供達が、その家の前に立っていた。彼等は久野達の姿を見ると、危険なものを避けるように、眉をひそめて、道の片方へ体を寄せた。

教員をしているという、敏子の父親が玄関に出て来た。頭は半白で、あまり血色のよくない四角な顔をしていた。金縁の眼鏡の奥に、気の小さそうな細い目を、しょぼつかせた彼は、まともに訪問者の顔を見る元気がないようであった。

久野は、悔みをのべ、生前の敏子について質問をして行った。

「仲のいい男の人はありませんでしたか」

「――さあ」

父親は白い頭を振った。

「比較的放任しておりましたので、私共で気がついたようなことはありませんでした」

「会社の人の話なんかしてませんでしたか」

「特別に、――これと言って」

「手紙なんか、来ませんでしたか」

父親は、ちょっと考えこんでから、

「最近来たのがあったようですが。わたし共の知らない男名前でしたけれど」

「それは、今ありますか」

「ちょっと見て参りましょう」

父親は、奥へ入った。家の中はひっそりとしていた。久野は古いながら、よく掃除の行き届いてるまわりを見回していた。

しばらくして父親は、背をかがめるような恰好で戻って来た。

「どうも見当りませんのですが」

久野はちょっと考えてから言った。

「失礼ですが、私共が捜してもよろしゅうございましょうか」

父親は少し戸惑ったようであったが、

「――どうぞ」

と言った。

二人の刑事は、綺麗に片づけられた三畳の部屋に入って、間もなく洋服だんすの引出しの底から二通の封筒を取り出した。

「これですか」

「――ええ、そうです」

父親は、何か困ったことを見つけられたのではないかという心配を顔に表わしていた。

「拝見してよろしいでしょうか」

「――はあ」

久野は、手早く、その文面を読み通した。そして、それを前にさし出すようにして父親の方に向いた。

「お嬢さんは、Dセメントにお勤めでしたね」

「さようでございます」

「この手紙は、ある秘密探偵社からの報告で、これによるとお嬢さんは、会社の部長さんの私行をその探偵社に頼んで調査しておられたようですね」

父親には、久野の言っていることが理解出来ないようであった。久野は報告書をひろげて父親の手に渡した。父親はそれを読んだ。ほんの一部分だけ読むと、当惑したように、文面から目をはなした。

「なぜ調べておられたんでしょうか」

「――分りません。一向に――分りません」

父親は、この上もなくおびえていた。

「暫く拝借してよろしいですか」

父親は、何かを呑みこむように頷いた。

「この部長さんと、何か特別の関係がありますか。お話をお聞きになったことがありますか」

「――全然」

父親が首をふると、眼鏡の縁が光り、目がうるんだように見えた。

玄関で、久野はもう一度ふりかえった。

「樋口利男、戸塚一郎。一人は下町の与太者で、一人は水道公団の職員です。何かその名をお聞きになった憶えはありませんか」

「最近、殺された方ですか。うちの娘と同じように――」

「その前にその名を聞いたことは？」

父親は、体を硬張らせて、首を振った。

「ぜんぜんありません」

久野と田島はそのひっそりとした小さな家をあとにした。

凹んだ小さな目が来訪者の顔をじっと見上げた。

「関山さんですね」

「そうです」

「警視庁刑事の久野と田島です」

二人は関山の前の椅子に坐りこんだ。

「国安敏子という人が、最近あなたの所に調査を依頼しておりますね」

関山は、二人の顔を探るように見比べた。それから黙って、ロッカーの引出しから綴込みを一冊引き抜いて机の上に置いた。

「何をお尋ねになりたいのですか」

「国安敏子が、ゆうべ自宅付近で殺されたのを知っていますか」

関山は又二人を見比べて、穏やかな声で答えた。

「今朝新聞で見ました」

「彼女は何の目的で自分の所の部長の私行を調べていたんですか」

「依頼者のことは、あまり喋りたくないのですがね。私の方の信用問題ですからな」

久野は、関山が出した報告書を上着の内ポケットから出して机の上に投げ出した。

「これを見れば、彼女の心持は大体分るんだけれど、調査の動機が分らない」

「わたしの方でも分りませんね。又尋ねもしませんしね」

「失礼ですが、この調査の内容については間違いありませんか」

「その点は間違いありません」

関山は体を後に倒して、答えた。

「すると、この調査によって不利益を受ける者はいなかったわけですね」

「依頼人自身を別にしてですね」

久野は、報告書を納って椅子から立ち上った。

「国安敏子は、前からの知り合いですか」

「違いますよ。初めての依頼人です。暗くなって一人でやって来ましたが、あの人は、こういう所に来るのは始めてのようでしたよ」

刑事達は外へ出た。

「会社へ行って見よう」

田島は映画館の看板を見、それから関山の事務所を振りかえった。

「どうして、こんな所へ来たんでしょうね」

「よほど調べたかったんだろ」

「そうじゃなくて、なぜここに来たかですよ。前から知ってなかったとしたら、偶然目について入ったんでしょう。つまり、この辺に何をしに来たんでしょうね」

久野は渋面を作って、前を見て歩いていた。

「——大勢の人がこんなに歩いている」

「——え？」

「その一人一人が、今何の用事で歩いているのかとても分りはしない。暇つぶしに歩いてる者もいるだろう。しかし中には、のっぴきならない運命を背負って歩いてる者もいるだろう。とても、みんなは分らないよ」

田島は、黙って久野の後に従った。

第四章　蟷螂の斧

1

古くなった焦茶色の絨毯の上に、タバコの白い灰が落ちた。すぐに、傍のテーブルの上に灰皿を差し出された。

「灰皿がないわけじゃないんですから、ご自分で取って下さいよ」

椅子に坐った鳴瀬医師は、新聞から目をはなして傍に置かれた灰皿を見た。

「いちいち小言を言うな」

そう言って、妻の顔を見上げた。彼女の頬の肉は皺と一緒に口の両側に垂れ下っていた。

「別に小言ではございませんよ」

久仁子は、自分の椅子に戻って、正面から夫の顔を見つめた。

「あなたは、このごろ、私がちょっとしたことを言うと、すぐに疳をお立てになる」

「そんな積りはない」

鳴瀬医師は、新聞から目をはなさなかった。きれいに分けた半白の髪の下の広くて浅黒い額が、電灯の光を受けてつややかに光っていた。鼻下の髭と張った顎とが気難かしげな印象を与えていた。

「ご本人は、その積りでなくても、はたの者にはそう見えます。あなたはいらいらしていらっしゃるのです。なぜいらいらしていらっしゃるかも大体分っております」

久仁子は、読みかけていた小説本と外した眼鏡を傍のテーブルの上に置いた。鳴瀬は答えなかった。

「一度川島（かわしま）さんに会ってよくお話しになったらいかがですか」

「何をだ」

鳴瀬は不機嫌に曇らせた顔を上げた。久仁子はどう言い出したものかと思案するように、夫の顔を窺った。

「あなたが今、一番考えていらっしゃることは、川島病院の今後のことじゃございませんか」

「今後のことというと何だね」

「わたくしの申していることは、お分りになっている筈です。川島病院は、最初あなたと川島さんが力を合せてお作りになり、随分苦心なすって、やっと今日（こんにち）になったんです。最近になって病院も拡張されて立派になり、先生方も増えました。しかし、もとは川島さんとあなたの病院なんです。川島さんが引退なされば、次の院長は、当然副院長のあなたがおなりになるのが、誰が見ても当然のことです。そこであなたがご心配になっているのは、佐倉（さくら）さんのことじゃありませんか。最近になって、川島さんが懇請されて官立の病院から来られ、若いけれども、官立の大学を出ているし、学会なんかでも派手に活躍なさっている。今外科医長だけれども、川島さんのご信用も厚い――」

鳴瀬は横を向いて新聞に目を向けていた。しかしその目は文字を追ってはいないようであった。

久仁子は構わず喋った。

「――若いほかの先生方も、みんな佐倉さんをおだてるようにしている。結局、この病院の将来は佐倉さんが握るんじゃないか。それがあなたのおつむにある心配事じゃありませんか」

「何を言ってるんだ。佐倉君に何が出来る。また彼はそんなことを企む男でもないよ」

「ご本人にその気がなくても、周囲の情勢というものがあります。わたしは、あなたを批評しているのじゃございません。わたしはあなたの妻ですから、あなたの心配はわたくしの心配です。たとえあなたが学歴は地方の医専を出ただけだと言っても、この病院を起した努力は尊いものです。それを最近病院が発展してから来た若い方に、その成果を摘み取られるということは、許せないと思います。これは誰が考えても当然のことだとわたしは思います。ですから、川島さんにゆっくりそのことで一度お話をなさって、はっきりさせてお置きになった方がいいと思うんです。そうすればあなたもお気持がきっとさっぱりしますよ」

「そんなに心配なら、お前が聞きに行けばいいじゃないか」

鳴瀬は嘲けるように言った。

「そんなことを、妻のわたしが直接談判するわけには行かないじゃございませんか」

「川島君の奥さんにでも聞けばいい」

「そういうことは、男同士でちゃんとお話しにならなければいけません。あなたは自分で心配なさっている癖に虚勢を張っていらっしゃる」

「いい加減に黙りなさい」

鳴瀬は、新聞を荒っぽくテーブルの上に投げ出して、冷えた茶に手を延した。

「わたしは、前から申し上げようと思っていたんです。今夜にでも、川島さんの所へ行っていらしたらいかがですか」

「今夜？」

「ええ、そうです。まだ時間は早うございます。以前はよく夜分でもいらしたじゃありませんか。この頃年のせいで少しものごとをおっくうがるようになりましたわ」

「そんなことを言ったって、行って何て話すんだ。川島君がびっくりするよ」

「別にびっくりはなさいませんでしょう。ちゃんとお話しになればいいのです。川島さんとしては、分っている積りで気にもしていらっしゃらないのを、こちらでやきもきしているのかも知れませんからね」

「おい——熱い茶を入れてくれ」

久仁子は立って、茶を入れかえて来た。

「どうなさいます」

「何をだ」

「今夜いらっしゃいますか」

「馬鹿を言いなさい。そう藪から棒に言ったってしょうがない」

「早い方がいいと思うんですよ」

「もうよしなさい」

鳴瀬は又新聞を取り上げた。しかし読む所はあまりないようであった。

「わたしは英一が医者になってくれたらほんとによかったと思うんですよ。そしたら親子で手を握ってここをやって行けば――」

と久仁子は、湯呑を掌にかかえて言った。

「わたしだけでは頼りないのか」

「そういうわけではありませんけれど」

鳴瀬は新聞を投げ出すと黙って立って書斎の方へ行った。

2

鳴瀬の家は、病院の建物の後にくっついて、生垣一つを境にしてあった。そこで彼は常時病院の管理をしているような形になっていた。

朝は、通勤してくる医師達の誰よりも早く、玄関からサンダルをつっかけて病院へ入った。そして院長室の中に並べた机の一つに腰を下すと、宿直の医師からの報告を聞いた。もし外科の患者の問題があれば、質問をしカルテに目を通すこともあった。彼は外科の医師であった。院長の川島もそうであった。従って川島病院は外科の専門病院として発足したが、今では他の各科も設けられ、それぞれ専門医がおり、又病床も増えていた。それにしても外科の主力である鳴瀬は数年前までは外科の医長であった。しかし鳴瀬が副院長の肩書をつけられると同時に、外科の医長には他から招かれた佐倉が就いた。

その移動の理由は、川島が老齢で院長としての実務が十分に遂行出来ないので、鳴瀬に代行して貰うためということであった。鳴瀬は、その理由も嘘ではないと考えていた。しかし川島は外科で名を売っている川島病院の外科医長に、佐倉という人物を欲しいと思ったのではないかとも考えられた。佐倉は四十そこそこであったが、既に外科医としてはかなり知られた男であった。名が通っていることでは、鳴瀬より遥かに上であることは間違いなかった。

事実、佐倉は就任以来よく働いたし、立派な腕前を持っていた。川島病院に来る患者は一層その数を増したようであった。佐倉はしかし内で働くだけではなかった。学会には常に顔を出し、雑誌にもよくいろんな報告を載せていた。

それと反対に、鳴瀬は直接患者を診ることがだんだん少なくなった。そして経営上の庶務的業務のためにつぶす時間が多くなった。それは院長の業務を代行するものとして止むを得ないことであるにしても、鳴瀬は時々医師としての自分の後退を意識した。

さて、鳴瀬は机に落ちつくと、机の上の箱に二三日前から置いてある書類を取り上げた。それは、今度病院を改築するための計画書であった。病院はまだ古い木造のままであった。陰気で、汚なく、設備もよくなかった。次々に建て増したり、あとから取りつけた設備が無秩序につながっていた。それを一遍すっかり整理するためには、コンクリートの建物にして、高層化する必要があったし、もうその時期に来ていた。

そのためには、先ず建築資金の調達が先決問題であったが、それが今の鳴瀬の最も重要な仕事であったのだ。彼は計画書に目を通しながら、計算した数字などが一遍で頭にぴんと来ないのを感じていた。ゆうべ妻と言い合ったことが、消化不良なしこりのようにまだ腹の底に溜っていた。

それでも、彼は出来るだけの努力を払って計画書を読み、そしてそれを練り直そうとした。病院は彼と川島とが作ったのである。

昼は、医師達は食堂に集って会食する習慣になっていた。全部集ると鳴瀬以下七名がいた。鳴瀬と佐倉のほかは若い人達であった。

鳴瀬が定食のハンバーグステーキを箸で食べていると、テーブルの端から若い声がかかった。

「副院長」

小川（おがわ）という、佐倉について来た外科の医師で、学位論文を作成中であった。瘠せて、蒼白い顔をして、言葉つきにはいつも何か苛立ってせかせかしているような感じがあった。彼は鳴瀬のことを鳴瀬先生と呼ぶ時も、副院長と呼ぶ時もあった。しかし薄い笑いを浮べて副院長と呼ぶ時の相手の気持は、鳴瀬には分るようであった。

鳴瀬はハンバーグステーキから小川の方へ視線を向けた。

「今計画しておられる新しい病院の建築には、研究的な施設を考えておられるんですか」

小川は勢い込んだ、詰るような調子で尋ねた。

「勿論必要な検査が出来るような設備は考えてあるがね」

「診断に必要な検査のための設備は勿論何処にだってあります。なければ仕事が出来ませんからね。私がお尋ねしているのは、そういう日常的な問題以外に、何等かの新しいテーマを追求出来るだけの研究設備を考えて頂けるかということなんです」

鳴瀬は、ハンバーグの方へ目を落した。ほかの医師達も黙ってはいたが二人のやり取りに注意は集めているようであった。

「そんな大袈裟なものは考えていないよ。資金や敷地の点も十分でないのでね」

「それじゃ進歩がないと思うんですがね」

小川は、食事を続けながら呟くように声を落して言った。

「患者をですね、商品のように考えて、とにかくベルトコンベヤーに乗せたようにどんどん処置して、只もう水上げだけを増やして行けばいいという考え方には賛成出来ませんね。やはりひとつの学究的情熱というものが、若い者に取っては非常に大きい支えだと思うんですがねえ」

「患者を商品とは考えていないよ」

鳴瀬は小川との問答に嫌悪を感じながらも、ゆっくり答えた。

「われわれとしては、この病院を新しい立派なものにしたいと思うんです――」

小川は話を止めなかった。

「――佐倉先生のような立派な方が見えたんですから、われわれ若い者も新しい情熱で仕事をやりたい。それには、只患者をこなすというだけではなくて、佐倉先生の指導を受けてここで立派な研究をやり遂げたいと思うんです。ですから、今度の新しい病院計画にも、そうした主旨を織りこんで貰いたいと思うわけです。時代はどんどん変りつつあるんですからね」

小川は言うだけ言うと、あとは黙って食事を食べた。それは言ったって分らないだろうが、念のため一度は言っておくのだという風な態度に見えた。

鳴瀬は佐倉の方を見た。縁なしの眼鏡をかけ、太った人なつっこい顔をランチ皿の方へ伏せて何かほかのことを考えてるような表情であった。

鳴瀬は少し間を置いてから、

「趣旨は結構だよ」

と言った。

鳴瀬は、小川が平常なるべく自分を無視した態度に出ていることには気がついていた。それは、創立者の時代は既に過ぎたということを思い知らせてやろうという考えが根本にあるのかも知れなかった。又小川は佐倉に引っぱられて来て面倒を見て貰っているのだから、佐倉にさえしがみついていれば大丈夫という判断があるのかも知れない。

しかし鳴瀬と小川とでは年齢が違い過ぎた。鳴瀬が、小川の嫌味な言葉尻をとらえて顔色を変えるわけには行かなかった。鳴瀬は耐えていた。しかしそうした彼の熱い憤りの中には、いつも隙間風のような寒々としたものが吹きこんでいた。

鳴瀬はその午後も建設計画の検討を続けた。しかしやはりあまり身が入らなかった。紙面の向う側から、神経質そうな細い顔を、尚一層引き伸して嘲けっている小川の顔が覗いているようであった。

　電話があり、来客があり、それから薬剤の支払請求書が回って来た。その一日が終ろうとした時、鳴瀬は、川島の所へ訪ねて見る決心をしていた。建設計画についての打ち合せもあるし、と彼は考えた。しかし何かにとりすがりたい寒々とした不安な気持が彼にその決心をさせたことは、彼も心の底では認めていることであった。

3

　鳴瀬の家から外へ出るには、病院の門を通らなければならなかった。夕食をすまして彼は家を出た。彼が、生垣についた木戸を押して病院の横手の砂利敷に入った時、病院の横の、いつも鳴瀬が利用している出入口から闇の中に白衣をひるがえして一人の男が走り出て来た。

「――先生ですか」

　男は鳴瀬を透かして見るようにして近寄った。それは小川医師であった。

「何だね」

「今救急の患者が二名運び込まれたんです」

「君が宿直かね」

「そうなんです。一人は大したことはないんですが、女の子の方が様子が変なんです。別に大して外傷はないんですが、苦しんでいます。内臓がやられてるのかも知れません」

小川の声はいつものようにせかせかして、そして震えていた。

「そんなら開けて見るんだね」

と鳴瀬は言った。

「先生診て頂けないでしょうか」

小川は、はずませていた息をつめて、唾を呑みこむように言った。

鳴瀬は昼間のことを根に持つ積りはなかった。その時彼が決して小川の要請に応じられないような気持にあったとは言い切れない。しかし、少し間を置いてから彼が言った言葉は彼自身が意外に感ずるほどの高ぶった調子であった。それは、言わば、一つのはずみであった。

「君に処置出来ないのかね」

「――はあ、ちょっと――」

小川は口ごもった。

「そんなら佐倉先生に頼んだらどうだね。君としては、その方が心強いだろ」

「佐倉先生は今夜、学会の委員会があるんです」

「学会がなんだ――」

鳴瀬は、自分の言葉のために一層興奮して行ったようであった。

「ここの仕事の方が大事じゃないか。そういうもんだろ。すぐ学会に電話して佐倉先生を呼んだらどうだね」

小川は黙ってしまった。鳴瀬は歩き出した。彼は家を出かける前に、救急車が入って来たサイレンを聞いたのを思い出していた。彼は門から外へ出た。小川は追わなかった。

鳴瀬は車を止めて川島の屋敷へ向った。川島の家に着くと、玄関に川島夫妻が出迎えた。川島は、神経痛の足を少し引きずるようにしながら鳴瀬を応接室に案内した。川島は鳴瀬より十位年上であり、小柄で瘠せていた。和服の前襟の合せ目が縮んでいて、如何にも薄そうな胸であった。

鳴瀬は、建設計画の予算について話を始めた。それと銀行から資金を借りることについて折衝した結果なぞを報告した。

川島はそれが癖の、目を閉じて頷きながら黙って聞いていた。鳴瀬は最後に、今日の昼食の時小川が言ったことを付け加えて、川島の意見を求めた。その間に夫人が茶葉を運んだが、二人がこみ入った話をしているのを見て、すぐに奥へ引っこんでしまっていた。

「――大体、いいじゃないかな、既定方針通りで。銀行の利子や返済期限については多少問題があるにしてもだな。僕は一遍このことであそこの常務に会おうと思っているんだが、ここん所またどうも、膝関節が痛んできてね――」

川島は億劫そうに顔をしかめて手を膝の方へ延した。

「若い人の言っている研究設備の点だがね――」

「そりゃいいじゃないか。若い人には若い人の希望があるのは当然だが、研究というものはいい加減なことで片手間に出来るものじゃないんだよ。ちょこちょこっとお茶を濁したようなことをやる位なら、大きい大学其の他で組織的にやっていることの成果を頂戴した方がいいんだよ。いまうちではそんな大設備は出来んしね。いいじゃないか、それはこの次の段階で考えるとして、取りあえずは老朽建物の改築だよ」

「じゃ、そういうことでやろう」

「それに君、どんどん次から次へと患者を治療して行くということが、一番大事なんじゃないかね。研究も結構だが、それは治療に役立つという前提で結構なんであって、研究者個人が学位を取ったり、自己満足したりするだけのものだったら、そりゃ大したものじゃないよ」

「そういうことだね」

鳴瀬の顔の内側に、ふっくらとした頰笑みが湧いているようであった。彼は今夜川島を訪ねたことに満足していた。その鳴瀬を、川島は眼鏡の奥に落ちこんで細く光っている目で見つめていた。

「だんだん人が増えたんでねえ。昔二人でやっていた時とはだいぶ勝手が違うし。僕でうまくまとめて行けるかどうか――」

鳴瀬は目を伏せて呟くように言った。川島は頷きながら、椅子の肘掛を小さく叩いていた。

「僕は君に纏めて貰わなきゃならんと思ってるんだよ。僕はもう動けんしね。後は君にやって貰わなきゃならんよ。そういう意味で、川島病院という名をつけたのはまずかったと思ってるんだ。新築を機会に、もっと一般的な名称に変えたらどうだろうね」

「それも一案だが、しかし外科の川島で売った名だしね。僕には懐しいよ」

「しかし君の代になっても川島病院じゃおかしいじゃないか」

「おかしくないね。名前というものはそういうものだよ」

「そうかね。――まあそのことは何れ又相談しよう」

川島はテーブルの横に出ている呼鈴のボタンを押した。鳴瀬は前に置いた書類を手に取って、何気なく見返した。夫人が扉の所に現れると川島は、

「鳴瀬君に、この前のウィスキーを出して上げなさい」

と言った。

「もう結構だよ」

鳴瀬は手を上げた。夫人は引き下って間もなく盆にウィスキーの用意をして持って来た。

「僕はこの頃全然やらんがね。君はまだ相変らずだろう」

と川島が言った。

「いや、僕もあまりやらんようにしているよ。おやじが糖尿病で死んでいるので、家内がうるさく言う」

「何れにしろ、召し上らないにこしたことはございませんよね」

夫人が二つのグラスに注ぎ終って、そう言った。川島はグラスを上げた。

「医者は治療し予防するのが仕事だ。どんな論文を書いたかというより、どれだけ病人を救ったかということだ。その点、君は実に多くの人を助けている。来る日も来る日も患者に接し、治し、助けた――」

川島はグラスにちょっと口をつけて下に置いた。

「偉大な医者だよ――」

高い芳香が鳴瀬の鼻孔を覆った。しかし飲み干した液体は、鋭い矢のように彼の胃を刺した。彼は突然、苦痛に襲われたように、グラスを卓の上に置いた。

「――失礼する」

川島は、驚いたように目を光らした。鳴瀬は書類を慌しく鞄へ押しこんだ。

「帰るのか」

「帰る」

「急にどうしたんだ」

「急患を残している」

「宿直の者がいるだろう」

「小川君がいるが、本当の所、心もとない」

鳴瀬は椅子から腰を上げていた。

「危篤なのか」

「診ていないから分らぬが、ともかく帰って見る。――今の君の言葉で思い出した」

鳴瀬は玄関の方へ出て行った。川島は鳴瀬の気組みに押されたように黙って、跛を引きながら、その後に従った。鳴瀬は玄関で靴ベラを元へ返しながら、

「どうも夜分お邪魔をした。――僕は今夜来るべきじゃなかったかも知れん」

と呟くように言った。そして、外の闇へそそくさと出て行った。気がついて送りに出て来た夫

人と川島は黙ってそれを見送っていた。

4

鳴瀬は、駆けこむように、横手の入口から病院へ入った。廊下の常夜灯が静かな光を投げ、建物の中は何事もなかったように静かであった。彼は一瞬耳を澄すようにそこに立った。

物音が聞えた。彼はその方へ歩き出した。そして手術室の前室のドアを押し開けた。白い手術衣を着て椅子に腰を下していた佐倉が、ふりかえった。窓際の流し台の所で、看護婦が手術用の器械を洗っていた。鳴瀬は、何事かが済んでしまっているということを感じた。

「――どうでした」

鳴瀬は扉を閉めながら佐倉を見つめた。佐倉は静かに椅子から立ち上った。

「駄目でした」

鳴瀬は、佐倉の顔を見つめてた目を硬直さしたようにしばらく動かさなかった。

「一人ですか」

「一人です。肝臓（レーベル）です。そのほかの臓器もやられていました。どうしようもありませんでした」

佐倉は椅子に坐った。鳴瀬はその傍へ歩み寄った。看護婦が器械を洗っている音ががちゃがちゃとしていた。急に、手術室に通ずる扉が開いて、小川が出て来た。その目と鳴瀬の目が合った。小川の目に、黒い刺すようなものが光ったのを鳴瀬は感じた。しかし小川はすぐに視線を外すと、急いで廊下の方へ出て行った。鳴瀬はその姿を見送ってから、ゆっくり佐倉の方へ視線を移した。

「僕は——間違った」

彼は言った。佐倉は黙っていた。

「小川君は、僕に助けを求めた。僕がすぐに手を下せばよかった。僕は、——間違った気持になっていた——」

「いや、——たとえ、先生がすぐ手を下されても、どうしようもなかった筈ですよ。私は呼ばれて三十分もたたずに来たのですが、助けられる状態じゃなかったんです。先生の責任じゃありませんよ」

佐倉は、鳴瀬を見上げた。縁無の眼鏡が光り、その奥の大きい目が静かに説得するような色に澄んでいた。鳴瀬はそれに引かれるように椅子に坐った。

「しかし、それは結果論だ。医者としてなすべきことをしなかったという点では同罪だ」

「先生は、いろいろな問題を抱えているので疲れていらっしゃる。あまり気にされない方がいいですよ」

鳴瀬は、坐ったまま黙していた。佐倉はタバコを出して火をつけた。タバコを鳴瀬の方に押し出したが、鳴瀬は気がつかないようであった。

「川島先生はお元気でしたか」

と佐倉は聞いた。鳴瀬は、はっとしたように、

「——ああ、元気だった」

と答えた。

「神経痛の方は?」

「それは、相変らずのようだったがね」

「新築計画の方は進んでおりますか」

「大体ね。見通しはついている。研究設備のことについても、川島君に話して見た」

「あまり大袈裟なものは無理でしょう」

「院長も、治療第一だと言っていた」

「私もそう思いますよ」

「将来は、又変って行くだろうが——」

鳴瀬は、力なくぽっつりと言った。それから膝に手をついて立ち上った。

「あとはやっておきますから、お帰りになってごゆっくりお休み下さい」

「患者は二人だったと聞いたが……」

「もう一人は、捻挫ですが大したことはありません」

「それでは、頼みます」

鳴瀬は、佐倉の方におじぎをするように頷いて部屋を出た。廊下は、おぼろな光に包まれ、静かであった。心持ち首をうなだれて、ゆっくり歩いて行く鳴瀬の後姿を、遠くの回り角の暗がりから、一人の人物が見送っていた。

5

鳴瀬は新築計画に専念した。それが当面の自分の仕事だと考えた。小川は前にも増して鳴瀬と口を利かなくなった。それは鳴瀬にもよく分っていた。以前には、年上の者をからかうような気を張った高びしゃな調子があったが、その後の小川の態度には、そう言った感じよりも、もっと暗い険悪なものがあった。鳴瀬は、それを止むを得ないことだと考えていた。

小川は、新しい病院のことについても、もう何も注文を出すことをしなかった。鳴瀬は、時に佐倉に相談をすることがあった。しかし佐倉も、鳴瀬の計画に特に反対するような意見は出さなかった。彼は温厚であり、創始者としての鳴瀬を立てて行こうという様子に見えた。

鳴瀬は佐倉をよく出来た人物だと思った。しかし、何処となく自分から離れた所に立っていると言う感じを拭うことができなかった。鳴瀬は、孤独を感じていた。川島は、やはり滅多に病院にやって来なかった。

やがて銀行との話もついて、工事請負人も決った。鳴瀬は、請負契約書を持って、川島を尋ねた。

川島が判を押した書類を鞄に納めると、鳴瀬は、椅子の背に体を倒して、しばらく川島の顔を見ていた。

「これでやっと、軌道に乗ったわけだ。君のお蔭だよ」

川島は言った。彼は、夫人に又ウィスキーを持って来させて、鳴瀬にすすめた。鳴瀬は、目を窓に移した。芝生のあちこちに青い芽が少しずつ出てそれに、柔らかい夕日が影を落していた。

「これで、僕の仕事も終ったようなものだ」

鳴瀬は呟いた。川島は鳴瀬の顔を見た。

「病院が立派になる。それは喜ばしいことだが、同時にわれわれの時代は過ぎたという気がするよ」

と鳴瀬は言った。

「いやに、心細いことを言うね」

「僕は、まだ病院の回りにずっと田んぼがあって、春の暖い日なんか、窓を開けてると、こやしの匂いが入って来た頃が懐しい。君と二人っきりで随分と忙しかった。看護婦のいいのを探して連れてくるのに苦労したものだ」

「あの時も病院を建てるのには大変だったな。田舎の山を売ったりして――」

川島は頬笑んだ。

「駅の方から歩いて来ると、青味がかった鼠色に塗った建物が遠くから見えた。何となく誇らしかったものだ。今じゃ、街の中に埋(うも)れて古びてしまった」

鳴瀬は、グラスを取り上げた。

「今度は又、コンクリートの立派な建物に変るんだ。ひとつ大いに働いてくれ」

鳴瀬はグラスを下に置いた。

「僕は、病院の責任者として適任かどうか、疑問を持っている――」

「どうしてだ」

「僕は、何千何万という患者を診て来た。しかし、只それだけだ。医術は進歩している。それに追いついて行く努力はしなかった。もう遅いような気がする」

「馬鹿なことを言うもんじゃないよ。君らしくもないじゃないか。医術は腕だよ。頭だけではない」

「僕はやはり、君あっての僕だったんだな。この頃、だんだんそう言うことが分って来たよ」

「つまらんことは言うな。もうその話はよそう」

川島は、鳴瀬のグラスにウィスキーを満たした。

「久しぶりだ。ついでに飯を食って行ってくれ」

「小川君は僕を恨んでいるらしい」

鳴瀬は川島の言葉が耳に入らぬように続けた。

「この前のことか」

「患者を死なせたことが、若いだけにこたえたらしい。あれは僕が悪かった」

「しかし死亡したことは、誰の責任でもないことだったんだろう？」

「そうだったようだがね。扱った患者が目の前で死ぬと嫌なものだ。小川君はあれから、時々酒を飲むようになったらしい」

「それも困るね」

「責任は感ずるが、僕にはその気持をほぐすだけの力がない。上に立つ者は、それが出来ないようではその資格がないと思うよ。やはり僕は駄目だな、院長としては――」

「人間はいろいろだし、小川君自身も又成長するだろう。あまり考えすぎるなよ」

川島は、持て余したように苦笑をした。

日が急にかげって来た。夫人が、盆に酒の肴を載せて入って来て、電灯をつけた。川島は夫人をかえり見た。

「どうも鳴瀬君が、元気がないから、今夜はひとつ大いにご馳走してやってくれ」

「まあ、どうしてそんなに元気がないんですか」

地味ななりをした背丈のすんなりした夫人は、卓の上に皿を並べながら言った。

「俺は院長になるのは嫌だと言うんだよ」

「まあ、それは困りますわ。川島がこれ以上動けなくなったら、あなたにやって頂くより仕方がないじゃありませんか――」

鳴瀬は、目に弱い微笑を浮べて、俯向いていた。

「――お二人でこしらえた病院ですものね」

「適任者はほかにおりますよ」

「どなた?」

「佐倉君なんか立派な人間だと思いますね」

「しかしまだ若い」

川島が言った。

「それに、彼はまだそんな野心は持っていない。ま、ひとつ行こう。僕も少し飲むかな」

「あなたは、ほどほどになさいませ」

夫人が言った。

鳴瀬は川島の家で夕食を食べて九時頃そこを出た。その時彼はかなり酔っていた。病院まで夕クシーで戻った。病院の正門の鉄格子(てつごうし)の扉は夜も閂(かんぬき)がかけてなかった。鳴瀬は門を入って、建物の横手の砂利敷の上を、自分の家の方へ歩いた。足元はふらついているし、暗くもあったが、勝手は分っていた。彼は境の生垣の木戸の所に来て、それに手をかけた。

そして彼は木戸を向うへ押し開きながら、そのまま前へ倒れた。

6

「――四人目だ」

死体の傍に立ち上った課長は、苦い表情を浮べて呟いた。国安敏子が殺されてから三日経っていた。

「後頭部に対する鈍器の一撃だ。全く同じだ」

闇の中を、跳ねるようにフラッシュが飛んでいた。

宿直の医師の知らせを受けて、佐倉も、川島夫妻も現場に駆けつけていた。川島夫人は、家の中で鳴瀬夫人の傍に、抱きかかえるようについていた。鳴瀬夫人は、事態の全てを了解出来ないような、これからもまだ何か恐ろしいことが続いて起ってくるのを待ち受けるような面持ちであった。緊張した蒼白なその顔に、まだ涙も出ていなかった。

生垣についた木戸は、鳴瀬が倒れる時にその上に被（かぶ）さったらしく、二つある蝶番の上の方が取れて、戸は斜めに傾いていた。外れた蝶番を止めていた二本のねじ釘が、軸の木の丸太に残っていた。鑑識課員の一人がそのねじ釘に引っかかった、細い赤い繊維を見つけた。課長は、それが最初の被害者の戸塚の後頭部にくっついていた繊維と同じものであるかどうか検査するように言った。

「やっぱり、みんなつながっているんだ。この赤い糸で繋っている――」

彼は鑑識課員にそれを返しながら言った。

川島が来ていたので、鳴瀬の殺されるまでの足取りは全て明らかになった。しかし警察官と同じように、鳴瀬がなぜ殺されたのかは川島にも全く分らなかった。

鳴瀬の屍が運搬車で運び出されるころ、小川がやって来ていた。独身の彼は、歩いて通える位の所に間借りをしていた。彼は佐倉の背後に隠れるようにして立っていた。それは恐ろしさもあったには違いないが、主として彼がその時酒気を帯びていたためらしかった。

既に発生していた鈍器による三つの殺人事件の捜査本部は合同されて本庁に移されてあった。個々の被害者の個々の事情――その隠された企み、秘かな情事、それを繞（めぐ）る人々の愛憎――そうしたことは、みな少しずつ明らかにされつつあった。しかし三つの事件を結ぶものは、その糸口らしいものも見つけ出されていなかった。それに当っている刑事達は、その糸口は、既に自分達が見、又聞いたことの中に交っていながら、それと気がつかないのだろうという焦慮(しょうりょ)を抱いていた。

　そして、彼等は第四の事件を出迎えることになった。川島病院でのある程度の捜査が終ると、彼等は本庁に引き上げて深夜の捜査会議を開いた。

「川島病院は約二十年前に川島院長と被害者の鳴瀬博士とで創立し、現在約五十の病床を持ったあの辺ではかなり大きい病院で、名前も広く知られております――」

　川島病院の内情を調べた古参の刑事が報告した。

「最近古くなった建物をコンクリートに改築する計画になっており、鳴瀬博士はそのことに奔走(ほんそう)していたようです。しかし病院が今のように盛んになったのは、この五六年来のことらしく、その頃から新しく入って来たお医者さんが多いようです。

　そこで本人達がそれを意識していたかどうかは別としても、第三者から見て、古くからいた人達と、新しく入って来た人達との対立というものが考えられるわけなんです。具体的に言うと、副院長の鳴瀬博士と、外科医長の佐倉博士との対立ですね。そこに問題になってくるのは、川島院長が年も年ですが、健康を害していて、殆んど仕事が出来ないで、何れ近い内に勇退するらしいと見られていることです。つまり、次の院長は誰になるかということです。常識的には、副院長であり創立者の一人である鳴瀬博士がなるのは当然でしょうが、若い人の中には、学会や世間で比較的名前が出ていて、仕事も出来る佐倉博士を押す空気もあるらしいんです」

「それは誰から訊いた」

課長が口を挟んだ。

「宿直の看護婦です。古くからいる看護婦でした。そういう事情はなかなか詳しいようでした」

「しかし一方、興味本位の尾鰭がついているかも知れないな」

「あるいはそうかも知れません。しかしその話を信用すると、佐倉博士を最も押しているのは、小川という若い医師らしいです。学位論文を佐倉博士に指導して貰ってるらしいのです。それは佐倉博士が大学の教授と密接な繋りがある関係からだということです」

「二人とも今夜来てたな。小川という先生は酔ってたようだな」

「ええ、あの先生です」

「しかし、その対立というものは、どの程度公然たるものだったのかな。特に当人同士だね」

「それは、看護婦の話からだけでは分りません。特に証拠を挙げて言えるようなことはないらしいですよ」

「それで、アリバイはどうだね」

「佐倉博士は、知らせを受けるまで夕方から家にいたらしいです。丁度会議で上京している友達が家に泊っているんだそうですから」

「家まで行って確かめたのかね」

「それはまだですが――」

「――それで小川医師の方は――」

それまで喋っていた刑事は口を閉じてあたりを見回した。課長も皆の顔を見回した。

「あれは居なくなりましたね」

しばらくしてそう答えたのは久野であった。

「いたじゃないか」

「ええいたんですがね。途中からやって来て、じきに又帰ったようですね」

「注意していなかったんだな」

「明日すぐ当って見ます」

と久野が答えた。

「これで四人目だ。われわれがもっと早く事件を結ぶ糸を見つけていたら、犠牲者はもっと少なくて済んだかも知れない」

課長は言った。

7

久野と田島は翌朝、川島病院へ出かけた。彼等は年かさの看護婦を、誰もいない院長室へ呼びこんで質問をした。

「佐倉先生と、鳴瀬先生とは仲が良くなかったそうですね」

「さあ、どうでしょう」

看護婦は平べったい顔に曖昧な笑いを浮べた。

「小川先生はどうなんだね」

「小川先生は、佐倉先生一辺倒ですから」

「そうらしいね。小川先生としては、佐倉先生が院長になってくれた方が、何かと都合がいいわけだね」

「そりゃそうでしょうね」

「あなた方はどうなんだね」

「わたし達は別に――」

看護婦は、又笑った。

「すまないけど、小川先生に手がすいたら来てくれるように言ってくれないか」

看護婦が出て行くと、二人の刑事はタバコに火をつけた。

「医者というものは人に恨みを受ける商売かな」

と久野が言った。

「どうでしょうね」

「助からなかった者の近親者は、医者が殺したと思うかな」

「しかし、その度に頭を割られたんじゃたまりませんね」

「――ここ二三カ月の間にここで息を引き取った者は何人位いるだろう」

「調べて見ましょうか」

「そいつを一人一人当って見るかな」

「すると、前の事件との関係はどうなるんですか」

「赤い糸か。――ゆうべの糸は、やっぱり戸塚の時のと同じだったそうだよ。今朝鑑識の報告があった」

久野はそう言いながら、デスクの角を回って、椅子にどっかり腰を下した。

「こう言う椅子にでもやっぱり坐りたくなるんだろうな」

「誰がですか」

「誰かさ。俺達が係長になって見たいという気持と同じかな」

「僕はいい椅子なんかに坐りたくないですな。もう少し給料さえ上げて貰えば――」

扉が開いて、白衣を着た小川医師が入って来た。そのほっそりした白い顔に二人の刑事の目が飛びつくように向いた。

「小川ですが。何か――」

彼は久野の坐っている前へ、せかせかした足取りで近寄った。久野は体を起した。

「いや、大したことじゃないんですがね。ゆうべちょっと伺い漏らしたものですから。あなたのゆうべの行動を一応確かめて置きたいと思いましてね」

「僕のですか」

小川の頬の皮膚が、きりっと引き締ったように見えた。

「特にあなたのと言うわけじゃないんですけれどね。オミットすべきものは早くオミットした方が能率がいいのでね。あなたはゆうべ、お酒を召してたようですね」

小川は、黙って、しかしあっさりと頷いた。

「僕はゆうべ、ちょっと飲みに出てたんです。帰って来ましたらね、間借りしてる家に、病院から電話があったと言うので、何だろうと思って電話して見たんです。それで始めて事件を知ったんです。僕がここへ来て見たって仕様がないとは思ったんですけれど、知らん顔をしているのも変なような気がして、それで出て来たんです」

「じきお帰りになったようですね」

「ええ、別に僕がする仕事もないようでしたから」

「お酒は何処で？」

「阿佐ケ谷のバーです」

「何と言う――？」

小川は、黙って白衣のポケットからマッチを出して、机の上にほうり投げた。久野はそれを取って見てポケットに納った。

「何時頃そこを出られたんですか」

「十時過ぎていました」

久野は頷いた。

「あなたと副院長との間は、必ずしも円満ではなかったと言う噂を聞くのですが、どうですか」

小川は、興奮していた。プライドを傷つけられたようにも感じていたに違いない。そういう内心の動揺を、彼は相当の努力で押えつけているようであった。

「正直言って、あまり尊敬していませんでした」

「理由は?」

「医師としても、あの方から学ぶべきものは何もありませんでしたし、人格的にも尊敬できませんでしたからね」

「あの人が院長になることは好まなかったわけですね」

「勿論好みませんでした。しかしそのためにあの方の死を願う程、僕は小児病的じゃない積りです。僕としては、もうほかに言うことはありませんが、まだ何か――」

握って下げている小川の手が、震えているのが久野にも見えた。小川は自制の極限まで来ているようであった。

「いや、もう結構です」

小川医師が、せかせかと部屋を出て行くと、久野は田島に目で合図をして立ち上った。

8

「今からバーなんか行ったって閉ってますよ」

廊下を歩きながら、田島が言った。久野はむっつりして、長い顔を頷かせた。玄関の所に来ると、久野は受付のカウンターの前に置いてある赤電話に目を止めた。彼は受話器を上げて、小川がよこしたマッチをポケットから出した。薄暗い広間のソファーに数人の外来患者が坐って待っていた。電話線の向うで、ベルが鳴りつづけていた。久野はじっと待っていた。やがて彼が諦めて受話器を耳から離そうとした時、ベルの音がぷつっと止った。

「――もし、もし」

「――はい」

無愛想な若い男の声であった。

「バー・順子ですね」

「順子ですよ」

「あのね、ちょっと伺いますが、ゆうべ小川という人がそこへ行きましたか？　お医者さんですがね」

「僕は店の方のことは分りませんよ」

東北訛（なまり）のあるぶっきら棒な声が言った。

「分らないんですか」

「僕は昼間留守番を頼まれてるけれどね。店のことは店の人が来なきゃ分らないね」

「店の人はいないんですか」

「いないね」

「いつ頃来るんですか」

「五時頃だね」

「あなたじゃ分らないんですね」

「分らないね」

「そうですか」

久野は受話器を置いて、田島の顔を見た。田島は、駄目でしょうという顔をした。

「それじゃ、先にあれを調べるか」

「あれとは？」

「ここ二三カ月に死んだ者の関係者だよ」

田島は仕方がないという風に頷いた。

二人は事務室へ入って、中に一人坐っていた事務の男に用件を話した。男は書棚から綴じこみを出して二人に見せた。

二週間ばかり前に打撲による内臓破裂で女の子が一人死んでおり、月の始めに六十歳の男が急性肺炎で死に、先月には、やはり急性肺炎で一人、肺癌(はいがん)で一人死んでいた。その前の月には、誰も死んだものは居なかった。久野は、それらの住所氏名を手帳に書き取ったが、二人の刑事は、特別喜ばしそうな顔はしなかった。

二人が事務室を出ようとすると、受付の所に坐っていた、若い見習いらしい看護婦が立って彼等の方を向いた。丸いふくらんだ頬をして、所々に小さなにきびを作っていた。

「――あの」

と彼女は言った。そして、刑事達が足を止め自分の方に向くのを待った。

「何ですか」

「あの、さき程電話をかけていらっしゃいましたけど……」

久野は、看護婦の前の小窓の向うにある電話器を見た。

「――ああ。それで？」

久野は看護婦の傍へ寄った。看護婦は、何かをはばかるようなおずおずした笑いをその丸い頬に浮べていた。

「ゆうべ小川先生がいらしたバーなんですけれど、そこの女の人がこの近くにいるんですよ」

「なるほどね。それは何処ですか」

「そこの停留所からバスで目白の方に行った二つ目の所でお下りになりますと、ひばり荘とか言うアパートの、岸本京子（きしもときょうこ）さんと言うのです」

「どうして、あなたは知ってるんですか」

「その方、ここの患者さんだったんです」

看護婦は、秘密を話すような低い早口で言った。

「それで、小川先生がそのバーへ行くようになったんですかね」

看護婦は、笑って、小さく首を捻って見せた。

「あなたがすらすらとその居所を言った所を見ると、だいぶみんなが噂をしているんですね」

看護婦はますます赤くなった。

「――バーへお行きにならなくても、そこへいらっしゃれば分るだろうと思いまして」

「そうですか、そりゃどうも有難う」

二人はそこを出た。

通りへ出ると、

「どっちへ行きますか」

と田島が聞いた。

「先ず、バーの女の所へ行こう。ひとつひとつつぶして行くんだ」

二人は、バスの停留所に立った。

「小川先生が、その女の所に通ってるのはだいぶ人目についてるんだな」

二人はタバコに火をつけた。

「そうらしいですな。小川先生というのは看護婦達にもてでてるんかな」

「どうかな。あんまり女にもてそうな男には見えないがね」

「何処となく、落ち着きのない男ですね。なにか言うと、すぐつっかかって来そうなね。久野さんはどう思いますか」

「さあね。しかしもしあの先生が人を殺したとすると、間もなく自分でぼろを出すと思うな」

二人は無駄話をしながら暫く待った。バスの間隔は七分となっていたが、二人はその倍も待って、やっと車に乗った。停留所が一つあって、その次の停留所の手前で、バスは電車の踏切を渡った。二人は昇降口の所で並んで吊り革にぶら下っていた。

久野はバスが踏切を渡って行くに従って顔を後の方へ向けた。

「君、この踏切を知ってるかい」

「え？」

田島は、がっしりした肩から首を差し伸すようにして、窓の外を覗いた。

「えーと、何処だったですかね」

「やっとひとつの繋がりが見つかったな。それにしても、おそろしく頼りない繋りだけどな」

久野の目が何時もより輝いているようであった。やがてバスが曲ると踏切は見えなくなった。

「お下りの方は、お忘れ物ございませんように――」

車掌が言った。バスが止った。

「何ですかあの踏切は」

「樋口が事故をやった踏切だよ」

久野はバスを下りながら言った。二人が下りてバスが行ってしまうと、田島は踏切の見える角の方へ向って歩き出した。久野もその後に従った。曲り角まで来ると二人は立ち止って踏切の方を眺めた。

「そうでしたね。バスに乗ってたから分らなかった。それにしても、一度見に来ておいてよかったですね。そうでなかったら、見すごしていたかも知れない」

「役に立つかどうかまだ分らんよ」

「しかし、ばらばらに起った事件の中で、始めて見つけた繋りですよ」

「心細いね。ただわれわれが、そこを通るバスに乗ったというだけなんだぜ」

電車が接近したらしく、警報機の鐘がなり、赤ランプが明滅し始めた。二人の刑事は、踵をかえした。

9

バス通りから裏へ入った所にあるひばり荘と言うアパートはすぐに見つかった。二人は管理人に頼んで岸本京子の部屋へ案内して貰った。

「まだ寝てますよ。何しろ夜の遅い商売ですからね」

厚ぼったいジャンパーを着込んだ、初老の管理人は、そう言いながら二階へ登って行った。確かに京子は眠っていたらしかった。部屋の中で不機嫌な返事をすると、急いでふとんを畳むような音をさせた。

「そのままでいいんですよ。ちょっとお尋ねするだけですから」

久野がドアに向って言った。やがて、扉が細目に開いて頬骨の高い女の顔が現れ、二人に乾いた険のある眼差を向けた。ネルのパジャマの上に、半纏をひっかけ、髪もばさばさにしたままであった。

「――なんですかあ」

女は不機嫌そうに語尾を上げた。久野は警察手帳を出して見せ、

「阿佐ケ谷の方の順子と言うバーに働いている岸本京子さんですね」

「そうですよ」

「ゆうべ、小川と言うお医者さんが来ましたか」

「ああ、あの人――来ましたよ」

「何時頃、バーを出たか分りますか」

「さあ。――何かあったんですか」

女は眉間(みけん)に気の強そうな皺を刻んだ。

「まだ新聞見てないんですね」

「今起されたばかりだもの」

「ゆうべ、川島病院の鳴瀬副院長が殺されたんです」

「え？――」

女は二人を見比べた。しばらくして、

「それがあたしに何の関係があるんです」

と言った。

「ですから、小川先生のことを聞いてるんですよ」

「あの人がやったんですか」

「そうじゃない」

女は、ちょっと部屋の中をふりかえった。

「みっともないから、内へ入って下さいよ」

二人は踏込みの中に入って扉を閉め、女は畳の上に坐った。そして寒そうに半纏の袖を前に合わした。

「それでどうなんですか」

女は早口に聞いた。

「だから、小川先生は何時頃バーを出たのか知りたいんですよ」

「時間ですね――」

女は真面目に考える顔になった。

「九時過ぎて――十時にはなってない頃ね」

「九時と十時のどっちに近かった？」

「十時に近かったわね。あたしが車を呼んで乗せて上げたんだけど、相当酔ってましたよ」

二人の刑事は顔を見合せた。田島は失望の表情をして見せた。

「あなたは、あの病院に通ってたんですか」

と久野が、思い切り悪そうに尋ねた。

「入院してたんですよ。一週間ばかり」

「なんで？」

「足を捻挫したんですよ。ひどく腫れちゃって。別に入院するようなことじゃないんだけど、あたし一人でしょう。自分で動けるようになるまで、あそこでご飯食べさして貰ったのよ」

「それで、小川先生と仲良くなったわけ？」

「馬鹿なこと言わないでよ」

女はつっけんどんに言ったが、最初よりは打ちとけていた。

「商売だから誘ったのよ。あの先生あんまり好きじゃないわ」

「どうして?」

「お喋りで、人の陰口(かげぐち)ばかり言ってる。べらべらべらべら、患者の前で言うのよ。男って案外お喋りなものね」

「鳴瀬さんの悪口も言ってたかね」

女は頷いた。

「言ってたわ。とくに嫌いだったらしいわね。丁度、わたしが担ぎ込まれた晩が、あの人の宿直の晩でね。すっかり慌てちゃってさ、なんて頼りない先生だろうと思ったわ。そしたら、一緒に担(かつ)ぎこまれた女の子が手遅れで死んじゃってさ。そしたら、もうかっとしちゃったのね。若いからかも知れないけれど、あいつのお蔭だなんて、もうくそみそよ。みんなあたし達に言うのよ」

「担ぎこまれたって、どうしてなんだね」

「あら、言わなかったかしら」

女はだんだんなれなれしくなった。

「事故よ。そこの踏切で事故があったのよ、この前。バスと電車が衝突して。あたしねえ、その日友達が来てたもんだから、お店へ行くのがいつもより遅くなったのよ。いつもそこからバスに乗って行くのよ。終点だからね。そしたら、乗ったとたん、まあったく馬鹿見ちゃったわ」

二人の刑事は、又顔を見合せた。田島は深刻な目つきで小首を傾げて見せた。

「そりゃ、オート三輪が前に止ってて、バスが踏切を渡り切れなかったんだろ」

「そうそう、あの時のよ」

女は嬉しそうな顔をした。

「もう一度聞くけれど、小川先生がバーを出た時刻は間違いないですか」

「大体ね。なんなら、ほかの女の子に聞いて見たら。——ねえ、刑事さん、ほんとにあそこの副院長先生が殺されたの？」

女は目を輝かした。

「新聞に出てるよ」

「あたし新聞取ってないの。——ねえ、どうして殺されたのかしら」

二人は、女を残してアパートを出た。

「小川先生は、白のようですね」

田島が言った。

「あのバスは阿佐ケ谷行きなんだな」

「そうらしいですね」

「われわれは、今その逆方向に来たわけだ。確か目白行きになってたね」

「そうですね」

「目白で思い出さないかい？」

「関山秘密探偵社が、目白の近くでしたね」

田島は、目を丸くして久野の顔を覗きこんだ。

「これで、三つの事件が結ばれそうじゃないですか」

「どういう風に？」

久野はむっつりと言った。

「何かありそうですよ。これから目白へ行きますか」

「国安敏子がどうして関山の所へ行ったかを知る必要がありそうだ。先に国安の家へ行って見よう」

二人はバスの停留所へ向って急いだ。

10

二人が新しい忌中の紙を貼った国安の家を訪れると、敏子の母親が出て来た。小柄で太って艶のいい頬をした婦人であった。主人の方は出かけていて留守であった。

「敏子さんが、秘密探偵社を頼まれたわけは分るんですが、なぜ、関山の所へ行かれたかを知りたいんです。敏子さんが、どうしてあの辺へ行かれたのか。わざわざ関山を目当てに行かれたのでしょうか」

と久野が尋ねた。

「敏子は、あちらの方面にお友達があったんです。多分そこへ行って、その探偵社を知ったんじゃないでしょうか」

「何処にいる何という人ですか。そのお友達は――」

「鹿島篤子と言う人なんですけれどね。どの辺だか、わたくし共も知らないんですけれど、洋裁店をやっているそうです」

「そうですか。どういう関係のお知り合いですか」

「うちの子も前に洋裁を習いに行ってたことがあったんですよ。その時お知り合いになったんですけれど」

「特にその方のことで何かお気づきの点はありませんか」

「さあ――別に――」

婦人は、膝に置いた手を重ねてこすり合せながら小首を傾げた。

二人は、国安家を出て、電話帳で洋裁店の住所を調べると、目白に向った。

洋裁店のガラス戸を開けて案内を乞うと、仕事場の奥の臙脂色の短かいのれんを分けて篤子が現れた。その大柄な体つきと、男のように浅黒く巾の広い顔を見た時、久野は何か、今迄この事件の中の人物の誰と会った時も感じなかったようなものを感じた。それは心の底に、悲しげに重く、静かに沈んで行くような感覚であった。しかし、なぜそのような感覚を感じたのかは分らなかった。

「鹿島篤子さんですね」

そう聞く久野に向って、篤子は静かに近づいて来た。久野は警察手帳を見せた。篤子の切れ長の目は動かなかった。

「何でございましょうか」

「国安敏子さんのことでお尋ねしたいのですが」

篤子は、背を向けてミシンを踏んでいる二人の女の子の方に視線を流した。

「じゃ、どうぞお上り下さい」

篤子は奥へ入った。二人は靴を脱いで板張りの仕事場に上り、篤子の後に従った。畳の間に上ると、篤子は仕切の障子を閉めた。

「国安さんのことはご存知ですね」

と久野が尋ねた。

「はい」

と篤子は答えた。硬い眼差が二人の刑事を交互に見ていた。久野が質問をしている間、田島は部屋の中を見回した。畳は古い色をしていた。一方に肘掛窓があったが、それはすぐ隣家に接しているらしく、部屋の中は薄暗かった。片側に押入れと茶だんすがあり、押入れの横に二階への階段の上り口が見えた。もう一つの側には、勝手へ通ずるらしい障子が閉っていた。

「国安さんは、その先の関山という探偵社に依頼をしてたんですが、そのことをご存知ですか」

「そうですか。それは知りませんでした」

篤子は心持ち目を大きく開いた。

「最近はいつ頃ここへ来ました？」

「もう半月位前でしょう」

「何しに見えたんですか」

「別に特別に用事はなかったらしいですけれど、なんか気がくさくさしてたらしいんですのよ」

「男の人のことですか」

「──ええ」

篤子は、目を伏せて頷いた。

「どんなことを話したんですか」

「部長のお嬢さんに男を取られそうだと言うんですよ。どうせ男は相手が部長だから断れないのだろうけれど、もしその部長さんが失脚すれば話が変ってくるだろうって、つい思いつきでそんな話をしたんです」

「あなたが？」

「そうです。わたしがそう言ったんです」

「そして探偵を頼むように勧めたんですか」

「ええ。でも、わたしは本気で言ったわけでもないんです。人のことだから勝手な思いつきを言ったんです。それに、そんな所に探偵社があるなんてわたし知りませんでした」

「関山の事務所があるのを知らなかったんですか」

「今でも、知りません」

「あなたが教えたんじゃないんですね」

「勿論ですよ」

久野は、口を閉じて俯向いた。ポケットからゆっくりとタバコを出して、火をつけた。その手元を、篤子はじっと見ていた。

「いつなんですか。それは――」

久野は、煙を吐き出してから目を上げた。

「よく憶えてないんですよ」

篤子は言い難そうに答えた。

「その時国安さんは、何処かへ行くとか、誰かに会うとか、そんなことを言ってませんでしたか」

「――さあ。そんなこともなかったと思います。わたしも丁度仕事が忙しかったもので」

「何か変ったことはなかったんですね」

「――ええ」

と篤子は答えた。

久野は、タバコとマッチを摑んでポケットに納めた。

二人は、篤子の店を出ると、駅の方へ向った。

「ついでに関山の所へ寄って行こう」

と久野は言った。二人は大通りから横丁へ入った。映画館の看板がすぐ目についた。

「教えられて来たんじゃないとすると変ですね」

と田島が言った。

「俺もそう思うな」

と久野が答えた。

「わざわざこの前まで来なきゃ、この事務所の看板は目につきませんよ。おかしいですね。鹿島が教えたんじゃないでしょうかね」

「なぜ隠すんだろう」

「そうですね」

事務所に上ると、関山は薄茶のサングラスをかけた赤ら顔の中年の男と、互いに机の上に覆いかぶさるような恰好で話し込んでいた。

「お邪魔します」

久野が言った。

「――やあ」

と関山は背を伸(のば)しておうように答えた。

「又国安敏子さんの件ですか？」

「そうですがね、彼女がここに依頼に来たのは何日でしたか」

「お待ち下さい」

関山は書棚から綴込みを引き出した。

「——ええと、今月の十三日ですね」

久野は、頷いて、自分の手帳を出してめくった。そして、田島の顔を見た。

「十三日だよ。樋口が交通事故をやった日が——」

田島は、久野の顔を見返して静かに言った。

「そうでしたね」

「行こう」

二人は外へ出た。

「今度は何処ですか」

「戸塚が十三日に何をしてたか調べるんだ」

「それで？」

「——分らない。調べてからでないと分らない。今まで、殺された日に何をしてたか、一生懸命調べたが、十三日に何をしてたかは、まだはっきりしていない」

二人は人ごみをよけながら、大股に歩いた。

11

二人は最初に公団へ行った。壁を背にして、タバコを持った手の肘を机の上にのせて、何か書類を見ている課長の前に近寄ると、課長は目を上げた。又か——と言うような、乾いた砂のように潤いのない顔であった。

「今月の十三日に戸塚さんが、どういう行動をしたか分りませんか」

久野はすぐに切り出した。

「さあ——そんなことはちょっと分りませんな。ここでは別に一人一人の勤務日誌はつけていませんからね」

課長は、ゆっくり手を延して机の端の灰皿に灰を落した。

「出勤はされてたんでしょうね」

課長は遠くの方に目をやって、タバコを持った手を小さく動かした。女子職員が前に来ると、

「ちょっと出勤簿を持って来て——」

と言った。

女子職員の持って来た、厚紙の表紙をつけた出勤簿を、課長は久野達の方へ向けて、大儀そうに片手で開いて見せた。

「出てますね」

課長は、タバコのやにで染った指を、判の列の上を滑らした。

「出勤したということしか分りませんね。私も特に記憶していないから、格別のこともなかったのでしょう」

課長は、机の上の卓上ダイアリーをめくりかえして見たが、すぐ元へ戻した。

それから胸をそらして二人の刑事を見上げた。係長や課員の死のために、度々刑事の訪問を受

けるのは、彼に取って大変迷惑なことのようであった。又彼等がどうして死んだかということにも大して興味は持てなかったのであろう。それは他人のことなのだ。

久野と田島は公団を後にした。

「あそこのバーへ行って見よう」

「戸塚が行ってた方ですか」

「そうだよ」

「それにしたって、まだ早いですよ。開いてませんよ」

久野は腕時計を見た。四時前であった。

「お茶でも飲むか」

二人は、通りの喫茶店に入った。

「何だか、少し手ごたえがして来ましたね」

田島が、コップの中のコーヒーの色を覗きこみながら言った。

「何かが十三日に起きたんだ。偶然ね」

「偶然ですか」

「そんな気がするよ。大体ね、こういう生活をしていると偶然の持つファクターの方が多いよ。人の運命を左右するのはね」

久野は、レースのカーテンのかかった窓から、通りを透して見ながら呟いた。

「――人が多すぎるんだ。お互いに重なり合って生きてる。どんなことが起きるか分りゃしない」

「しかし、それで殺されたんじゃ、たまりませんね」

「たまらないよ。だけど毎日何人かの人間が殺されてるよ。偶然のためにね」

「交通事故で、死者のゼロの日は滅多にありませんね」

久野は、コップを受皿の上に置くと、ポケットから手帳を出した。

「川島病院で息を引き取った中に、踏切事故で死んだのがいる筈だ」

彼は手帳をめくった。

「おい、こっちの方へ行って見ようか」

「何処ですか」

「阿佐ケ谷の方だな」

「ここまで来たんだからバーの方から先に片づけましょうよ」

久野は、手帳をポケットに納って、コップを手に取った。

「久野さんコーヒー好きですか」

「いや——よく分らんな」

久野は冷たくなった残りのコーヒーをすすった。

「僕はラーメンの方がいいですよ」

田島は、机の下から新聞を引っぱり出しながら呟いた。

「公団のあの課長は、嫌な感じの男でしたな。ああいうのは出世するんでしょうね」

「そうだろうね。出世するやつ、殺されるやつ、いろいろだな」

「われわれは出世もしないし、殺されもしないですよ」

久野は嘲るように、鼻で笑った。

二人が橋の袂のバーに来ると、誰もいないカウンターの向う側で、恵子がコンパクトで化粧を直していた。

「いらっしゃい——あら……」

「十三日に、戸塚は来なかったかね」

「十三日——?」

恵子は、コンパクトをパチンと音をさせて閉じ、ハンドバッグの中にほうりこむと、そのハンドバッグを、カウンターの下に納った。

「十三日だよ」

恵子の顔に、ゆっくり思い出し笑いのようなものが拡がった。彼女はそれをある所で、止めると久野に向って頷いた。

「どうしたんだね」

「来たわよ」

「それから——」

「この前、話したわ。あの人に頼まれて手紙を書いたのよ。その日——いや、朝ね」

「十三日の朝か?」

「翌日の朝よ」

「じゃ十三日の晩は、つまり一緒だったんだな」

「かまわないでしょう」

「かまわないさ。ここへ何時頃来て、それからどうしたの？」

「夜の十一時少し前頃来たのよ。それから店が終って、一緒に帰ったのよ」

「それで朝まで一緒なんだな。そんなことでもなきゃ、憶えてないんだな。多分それ以来そういうことがなかったんだろ」

恵子は口を硬く閉じて、目で笑っていた。

「戸塚は何処からここへ来たんだ」

「ご馳走になったらしいのよ。だいぶ飲んで、それが少しさめたような顔してたわ」

「何処だか分るか」

恵子は、息を吐いた。刑事達のために、少し思い出してやる積りのようであった。

「何処だか行ったことはないけれどね、この橋を渡った向うの方に、小泉という料理屋さんがあるらしいわ。よくそこへ行った話をしてたから、そこかも知れないわ――」

二人はバーを出た。

小泉のおかみは刑事の用件を聞くと、大学ノートを持って玄関に坐った。丸い銀縁の眼鏡を懐から出してかけた。

「――ええと、――十三日には、いらしてますね」

「何時頃来ましたか」

おかみは眼鏡をケースに入れて、懐へ納った。

「最後にお見えになった日でしたね。――ほんとにとんでもないことになって。あの日はね、割と早く見えましたよ。六時頃でしたかしら、それから、お帰りになったのは、十時過ぎでしたよ」

「誰と一緒ですか」

「あの、T鋼管の野村さんという方と」

「一緒に帰ったんですか」

「いえね、あの時は、野村さんは、少し遅れていらして、それからひと足先にお帰りになりました。なんかお急ぎの様子で、それにお土産だとか言って、綺麗な大きな箱を持っていらっしゃいましたよ。思い出しましたわ」

「つまり、戸塚は六時頃ここへ来て、ずっとここにいて、十時過ぎに帰ったというわけですね」

「そうです」

久野は田島の方を向いて、どうかね、というような顔をした。

「T鋼管というのは、二課の連中が話してたあれですね」

久野は頷いた。

「それで、まだよく摑めないんでしょう?」

「そうさ、二人死んじまったからね」

「好都合だったわけですかな」

「どうだろうね」

「T鋼管へ行って見ますか」

「まだいるかな」

久野は腕時計を見た。

「まだ残っているかも知れませんよ、誰か。なんなら家を聞いて——」

「あの——」

おかみが口を入れた。

「いらしてますよ」

「誰が?」

「T鋼管の課長さんが」

「ここに?」

「そうです。お呼びしましょうか」

「頼む」

「でも、わたしが喋ったって言わないで下さいよ。昔からしょっちゅう来て下さる大事なお得意さんなんですから」

「分ってますよ」

おかみは二人を帳場へ上げて、T鋼管の営業課長という男を連れて来た。体のがっしりした丈夫そうな、初老の男であった。

「お忙しい所をすみませんです」

と久野は小さく頭を下げた。

「いや――」

営業課長は、太いしわがれた声を出した。

「この十三日に、お宅の方と例の殺された戸塚さんとが、ここに来てることが分ったんですがね。それはどういう事情だったんですか。念のために申しますと、わたし共は一課の人間で、殺人事件の方だけを担当しているのですが、ざっくばらんに言って頂けませんか」

「ああ――どうだったかな」

課長は、おかみの方を見た。

「ほら、野村さんと。――野村さんが、何かほかに用があるのに無理をして来なすった――」

「ああ、ああ」

課長は分ったと言うように頷いた。

「あれはね、戸塚さんの方から、何やら話があるからというので、うちの野村君に、すぐ出て来いと言う電話があったんです。ここで待っているというわけでね。急な話だし、野村君も困って、断ろうとしたようでしたがね、断ると、あなた方の前ですが、これが問題でしてね。しぶしぶ出て行ったようでした」

「どういう話だったんですか」

「さあ、別にどういうこともないんでしょう。仕事の話は役所で済んでるんですからね」

「それが、当の野村君が、それ以来出て来なくなって、一週間ばかり前辞表を送ってよこしたんですよ。だから詳しいことは分りませんけれど」

「あら、やっぱりお辞めになったんですか」

とおかみが驚いたように言った。

「どうして辞めたんですか」

久野が尋ねた。

「分らないですね。変だから、僕も一遍野村君の家へ寄って見よう見ようと思いながら、つい毎日こういう風に忙しいものですから、そのままになっているんですけれどね」

「どこですか、野村さんのお宅は」

「阿佐ケ谷にいるんですがね」

久野はポケットから手帳を出して、ページをめくった。

「野村作次郎（さくじろう）さんですね」

「そうです」

久野は田島をふり返った。田島はびっくりしたように久野の顔を見た。

「行こう」

久野は膝を立てた。

12

二人の刑事は阿佐ケ谷駅を下りると、暗い住宅地の中を進んだ。目あての家は、生垣に囲まれたその辺りでは中位の家であった。生垣についた石の門に間近に接して、洋風の玄関があった。しかし、外から見える壁や窓、軒のあたりの様子は、何もかも古くなって、その上あまり手入れの行きとどいていないと言った感じであった。戦争までは立派な中産階級であり、家もその頃建ったものであろう。それがその後、急に、衰えて行ったという様子であった。

案内を乞うと、暫くして、玄関の中に薄暗い明りがつけられ、扉の鍵を開ける音がした。

扉を開けたのは女であった。瘠せて、胴の長い、背の高い女であった。茶色のセーターに、黒い長いスカートをはいていた。髪は油けがなく、頬骨の張った顔にも化粧の跡は見えなかった。年は三十を過ぎていた。

「なんでしょうか」

隙間風のようなかさかさした低い声であった。久野は手帳を見せた。

「野村作次郎さんはいらっしゃいますか」

「――いません」

女は感動のない声で答えた。

「何処へ行ったんです」

「分りません」

「何時からいらっしゃらないんですか」

「もう一週間位――お葬式がすんでから、いません」

「野村さんはお宅の方なんですか」

「いいえ。裏の離れを貸しているんです」

「そこを見せて頂けませんか」

女は何か考えるというより、何も考えていないために、返事するのに手間が取れるようであった。

「――そちらから行けます」

女は手を、家の外を回るように動かした。久野達が、その方へ歩き出すと、女は玄関の中にひっこんで、扉に鍵をかけた。

庭には、暗くてよく分らないが、色々なものが沢山植えこんであるらしかった。しかしそれらは、手入れもされずに、雑然と茂っていた。家の裏の勝手口の近くに、物置を改造したような、低い小さな離れがあった。勝手の戸が開いて、女が出て来た。

「ここです」

と女は離れのガラス戸の前に立って言った。離れは、闇の塊りのように、ひっそりとしていた。

「入ってもいいですか」

「――さあ……」

と女は呟いた。

　田島がガラス戸に手をかけると、それはたやすく開いた。田島は小さな懐中電灯を持っていた。それを照すと、そこが狭い土間で、踏み台があって、その上に障子が閉っていた。田島は障子を開けた。中にうずくまっていた闇が、急に外へ吹き出してくるようであった。

　田島は靴を脱いで上に上り、やがて電灯をつけた。古びた六畳であった。久野は土間に立って覗きこんだ。田島は次の部屋との境の襖を開けた。部屋はその二つだけで、がらんとして、湿っぽく、あまり多くの家具は置いてないようであった。

「何処に行ったか、全然分らないんですか」

　久野は女の方を向いた。

「――ええ。何も言って行かなかったものですから」

「お宅とは、どういうご関係なんですか」

「わたしの姉と結婚してたんです」

「してた――？」

「姉は、前に死にました」

「失礼ですが、お宅の方は？」

「父は、まだ仕事から戻っていません」

「ほかの方は？」

「わたしと父だけです」

闇を背にして立っている、長細い女の体のまわりを、寒々とした風が取りまいているようであった。

「野村さんには、ほかに親戚か何かないんですか」

「妹さんがいます」

「何処に?」

「目白の方です」

「目白?」

「洋裁店を開いてるんです」

「鹿島篤子というんですね」

「そうです」

田島は急いで土間へ下りて来た。

「野村さんに、最近何か変ったことはありませんでしたか」

「子供が死んだんです」

「ですけれど、そのあと――」

「子供が死んだんですから、それ以上のことはありません。馬鹿のようになっていました」

「そうですか。――失礼しました」

久野は門の方へ歩き出した。田島はそのあとを追いながら、女の方を振りかえった。黒い棒のように、女はそこに立っていた。

「もっと探せば、何か出て来ますよ」
と田島は言った。
「いいよ。令状も持ってないし。女一人が留守居をしてるんだもの。それに、洋裁屋の女の方が、もっと知ってるような気がするよ」

13

洋裁店の仕事場にはまだ明りがついていた。二人の刑事がカーテンを下したガラス戸に近づくと、中で、篤子が一人、仕事をしていた。久野は指を曲げて小さくガラスを叩いた。篤子は反射的に顔を向けた。

そして、手に持っていた生地を台の上に置きながら、静かに腰を上げた。彼女はまだ戸を叩いたのが誰だか分らないようであった。心細げなとまどいした表情がその顔に浮かんでいた。それは彼女にしては、ひどく女らしい姿態であった。

扉の所に来た時、カーテンの隙間から彼女は久野を認めた。そしてその目を静かに大きくした。

「ちょっと開けて下さい」

篤子は、のろのろした手つきで扉の掛金を外した。扉を押し開くと久野は、

「野村作次郎がいるだろう。あんたの兄の」

と言った。

篤子は、久野の顔を見守った。僅かの間、彼女の顔から白痴のように表情が消えた。それはさきほど暗がりの中に立っていた胴の細長い女と、不思議に似ていた。

「何処にいる？」

篤子は、一瞬目を動かした。

「二階だね。ちょっと会わしてくれ」

二人の刑事は、靴を脱いでいた。

「待って下さい」

篤子は、急にけたたましい声を出した。

「あなた方は、令状を持っているんですか」

「ない」

「じゃ、勝手に人の家に上れないわ」

「だから頼んでるんだよ。今、ここでわれわれが大人(おとな)しく帰ったら、あとは全てうまく行くと思うのかね」

篤子は、久野を見つめていた。久野は口を硬く結んで、その口の両端と顎の下に、深い皺が影を作っていた。

「――いませんよ」

暫くして篤子が小さな声で、投げ出すように言った。

「そんな嘘を言っても駄目だぞ」

田島が怒ったような声を出した。

「いません。出て行ったんです」

篤子は同じ調子で繰りかえした。

「いつ――?」

「今日。あなた方が見えたあとです。わたしもいつ出たか知りませんでした」

「じゃ、あの時は二階にいたんだな」

「ええ」

「畜生――」

田島は、天井を睨んだ。

「何処かへ行く当てがあるのかね」

久野が尋ねた。

「分りません。――ないでしょうよ」

「彼の人相風態(ふうてい)は?」

久野は、篤子から、野村の様子を聞くと、店にある電話を借りて、本部に連絡した。部屋にいる主任の警部を呼び出して、今日の報告をして、野村作次郎についての緊急手配を頼んだ。

「――自殺のおそれもありますから、その積りでよろしく願います」

と彼は最後につけ加えた。篤子は、恐ろしいものを見るような目つきで、久野を見つめていた。

受話器を置くと久野は、

「さあ、話してくれ」

と言った。

「何をですか」

「十三日に、何が起きたかだよ。あんたは知ってるだろう。早く――。急がないと手遅れになるよ」

篤子の顔が、ひきつったように醜く歪んだ。

「野村は、奥さんにも死なれたんだってね」

篤子は、額に片手を当てると、傍の椅子に力の尽きたように腰を落した。

「運が悪すぎるんです」

「どういう風にだね」

「あの夫婦は、満洲から裸一貫になって引き上げて来たんです。いろいろ苦労して、やっと今の会社に十二三年前に入ったんです。その頃は会社も小さくて、安い月給で、哀れな暮しをしていましたよ。それでも少しずつ会社はよくなって行ったし、子供も生れて、やっと生活が軌道に乗ったと思ったんでしょうね」

篤子は、水玉模様の生地の上に置いていた視線を久野の方へ向けた。詰るような色がその目の中にあった。

「それで、奥さんが死んだのかね」

篤子は頷いた。

「馬鹿馬鹿しい事故ですよ。夕方買物に出て歩道を歩いていて、トラックにぶっつけられたんです。トラックの運転手は居眠りをしてたんです。三十六時間も眠ってなかったんだそうです。姉には何の罪もないんです。何処かに三十六時間も寝ないで働かされた運転手がいたというだけで、姉は命を落したんです。人間は、どんな所でどんな理由で殺されるか、ほんとに予想もつきませんよ」

篤子は遠くをぼんやり見ていた。

「それは、昔の話だね。十三日のことがそれと関係があるのかい」

「直接関係なんかありませんよ。でも、同じことが又起きたんです。この十三日は洋子の誕生日でした。兄は洋子と約束してたんです。前から欲しがっていた着せかえ人形を買って、それから、それも見たい見たいと言ってた子供の映画を見せてやるって。所が兄は、予定通り帰れなくなったんです。仕事で出入りしている公団の人が、どうしても会いたいと言って電話をして来たんだそうです。兄は断ろうとしたそうです。するとその人は、怒って意地の悪いことを言ったそうです。その人に意地悪されると、会社は困るらしいんです。それは兄にもよく分っていたんです。仕方なしに、その人の方へ行くことにしたのです。洋子は此処に来ていましたので、ここへ少し遅くなるからって電話をかけてよこしました。映画は又連れて行ってやるし、人形も買ったからって――。

結局行って見ると、呼び出した人の用事なんて大したことじゃなかったらしいんです。酒が飲みたくて呼んだらしいんです。それでも、ともかく遅くなりました。そこへあたしの友達が遊びに寄ったのです。いろんな話をしてて、その人が映画でも見ようかしらと言うものだから、よかったら子供と一緒に見てくれって頼んだんです。

しかし、あたしの友達は、その時ほかのことで頭が一杯だったんです。つまり恋人を取られるかどうかということです。それで、子供を連れ出して置きながら、途中で気が変って子供を一人にしたのです。普段ならあんなことしないでしょう。どうしても用事が出来たのなら、子供をここへ連れて来てくれたでしょう。それに、尚悪いことに、子供に百円やったんです。あれの家とここことはバスで乗りかえなしなんです。洋子はいつもバスで行き来してたんです。わたしも丁度仕事に追われていて、かまってやれなかったし、お父さんとは映画を見られないし、そう思って急に家へ帰る気になったんでしょう。丁度映画館の横丁の入口の所にバスの停留所があるんです。一人で黙ってそのままバスに乗ったんです。淋しかったんでしょうね。とても──」

篤子は、声をと切らした。そして疲れたように、水玉の生地の上に置いた、筋ばった手を見つめていた。

「それで、そのバスが事故に会ったんだな」

と久野が言った。篤子は頷いた。

「バスがあとから来てるのに、ただ自分のことだけ考えて、所かまわず車を止めるという三輪車の運転手も乱暴ですよね。ほんとにでたらめだと思うわ。でもほかの人はほとんどかすり傷位だったらしいけれど、洋子は一番後のシートに坐ってたらしくって、バスの中の何かにぶっつけられて、うんとお腹を打ったらしいんです。それも運の悪いことでしたよね。

それから近くの病院に担ぎこまれたら、宿直の先生が若い先生でよく容態が診られなかったらしいんです。それで、裏に住んでいる副院長に頼んだら、その副院長がその若い先生をよく思ってなかったとかで、断ったんだそうです。それで別の先生に電話して来て貰ったんですけれど、とうとう手遅れになって死んでしまいました。そういう感情的なことで、瀕死（ひんし）の病人を見捨てるなんて、ひどい医者じゃありませんか。そんな医者のいる所へ担ぎこまれた洋子も、又よくよく運の悪い子でしたよ」

久野は、傍の椅子へ、どっしりと腰を落した。

「それで、その原因を作った四人を一人一人探し出して殺したわけか」

「恐ろしい人間だと思いますか――」

篤子は刑事達の方に、弱々しい視線を向けた。

「――でも、わたしは兄の気持が分りますよ。兄はそんなに悪い人間じゃないんです。奥さんを殺され、今度は子供を殺され、もう兄には何もなくなったんですよ。兄は自分でも死にたかったでしょう。しかし死ぬ前に何かがしたかったんです」

「復讐か――」

篤子は、首を傾げた。

「復讐と言えば復讐かも知れませんけれど、四人の人の一人一人に直接恨みを抱いたかどうか、わたしは分らないと思うんです。強いて言えば世間を憎んだんです。平凡な人間がまともに暮して行くのを妨（さまた）げるような世間を――。そういうこの世の中の何かに向って、自分の恨みを表わしたかったのでしょう」

久野は、篤子の横顔に目をそそぎながら、厚い唇を閉じてむっつりとその話を聞いていた。それは、篤子の言っていることに、何の共感も感じていないのか、それとも篤子の言おうとする心持はよく分ってはいるが、そんなことは何処にでもある下らない泣きごとだと思っているのか、そのどちらとも取れるような顔であった。

「あんた、いつからそれを知ってたんだね」

篤子は、太い息を吐いた。

「いつからでしたかね。兄は子供の葬式を出して、子供と一緒に暮してた所なんかには、とても居れないと言って、ここへやって来たんです。そして、自分がここにいることを誰にも知られたくないようでした。毎日、夜遅くまで出歩いていました。顔の感じが変って来ました。わたしは何も言えませんでした。でも、わたしは、敏子さんにはひとこと言ってやろうと思ったんです。あの人さえ、あの子をほったらかさなかったら、あの子は死なずにすんだんです。もっとも、ほかの人でもそうです。公団の人がつまらないことで無理に兄を引っぱり出さなかったら、又オート三輪の運転手が、普通の公徳心を持っていたら、病院の副院長が、心の大きい人だったら、あの子は助かっていたんです。でも、わたしはほかの人のことは知らないので、敏子さんに言ってやろうと思ったんです。すると、兄がそれを止めました。絶対に何も言っちゃいけないって。――その時から、わたしは兄が何か考えているのが、感じられたのです。わたしは黙っていました。でも、兄が夜遅くこっそり帰って来て寝床の中に入るのを見ると、あたしは、こわいような気がしました。そしてある日、兄がいない時、あたしはあれを見たんです――」

篤子は、急に寒そうに肩を硬くつぼめた。

「何を見たんだね」

「汚れ物でも洗っといてやろうと思って、押入れの中にあった兄の旅行鞄を開けて見ましたら、その底に、洋子が死んだ時着ていた、赤いコートが入っていました。見ると、あちこちがやぶけていて、そこに血が滲(にじ)んでいるんです。洋子が死んだ時は、外からは何処も怪我をしてなかったんです――」

14

煮えたぎった巨大な鍋のような都市も、ようやく眠りにつこうとしていた。全ての物音が遠くにあった。それは眠りかけた巨人の息のようであった。

野村の歩いている狭い道の下は、崖になっていて、そこには数条の鉄路が走っていた。先の方に、小さく信号灯の色が見えていた。野村の足は、長い道のりを歩いて来た兵士のそれのように、ざくりざくりと音をさせて土の上を踏んでいた。

彼は右手を胸の前に抱くように曲げて、遠くの黒い空に目を向けていた。その顔は、まだこれから、幾つもの山川を越えて行かねばならぬ旅人のように、表情が失われていた。

彼は歩きつづけた。やがて背後の方から、鉄路の轟(とどろ)きが聞えて来た。彼は足を止めて、静かに音のする方を振りかえった。まだその姿は見えなかったが、深夜山手を通って行く貨物列車のようであった。

彼は疲れたように口を開いて息を吐きながら、崖の縁の方へ寄った。縁には、柵（さく）がなかった。彼は、何かを考えるように、心持ち首を傾げて、近づいてくる列車の音に聞き入っていた。

「……洋子――」

彼はかすれた声で呟いた。

列車は、重いものを引きずるような音をさせて次第に近づいて来た。野村の細くした目に、黒い熱っぽい色が浮かんだ。それは闇の中に誰かを待ち伏せるような光であった。

蒸気機関車の黒い丸い頭が見えた。夜目にも白い煙が強く吹き上っていた。野村は、それに狙いをつけて構えるように、体を前にかがめた。

吹き上る煙は次第に近づいて来た。それにぴったりくっついて、野村の目は少しずつ動いた。煙は道の高さにあった。やがて機関車はすぐ前に迫った。野村は怒った野獣のように、腕を振って飛び出した。

列車は、重い響きを轟かせながら通過していた。野村の動かぬ体は、線路脇の溝（みぞ）の縁に横たわっていた。貨車の継目継目を通って射（さ）してくる遠くの光がその姿を明滅さした。その右手には、硬い丸いものを包んだ、赤い小さなコートが握りしめられていた。

長い貨物列車は、何も気づかぬように、その傍を、ゆっくりと規則正しい音をさせて通った。やがて最後の箱が過ぎると、線路の音は急に軽くなり、赤い尾灯が次第に小さくなって行った。

受賞の言葉　受賞の決った日

前の晩、東京一帯に珍らしく雪が降り、朝一面に白く積っていた。

「丁度二二六と同じだな」

会社で、年配の人がそう言っていた。

十時頃、私は同僚と一緒に車で横田の方にある工事現場へ向った。着いたのが丁度お午ごろ。目的は、ジェットエンジンの試運転室の構造体が、その噴流から受ける影響を計測することである。測定装置をセットして、エンジンを始動したのが十六時九分。

エンジンは少し休んでは次第々々に推力を上げ、やがて最大出力に達した。四角な塔のようなコンクリートの建物は、高熱にうなされたように震えていた。流れる記録用紙の上で、その震動を伝えるペンが、狂ったように踊っていた。

私達はそれを見ながら、

「凄いな、これじゃたまらないや」

と驚嘆していた。

既に日が暮れかかり、小粒の雨が降って来た。私達は、計器類の上に黒い雨合羽を被せて、針の動きを眺めていた。

すぐそばの飛行場では、ジェット機が離着陸していた。飛び上る時、ジェットエンヂンのアフターバーナーが、ピンク色の焔を夕闇の中に吐き出し、その焔には、明暗の綺麗な縞模様が現れていた。

どういうわけで、そんな縞模様ができるのか、私には分らなかったが、あるいはそれが建物の受ける震動と関係があるのかしらんとぼんやり考えていた。

仕事が済んで家に戻ったのは夜の十時頃であった。玄関に、画用紙に書いた子供の字がピンで止めてあった。

『パパ　おめでとう』

それがクラブ賞のことであることは、すぐに察しがついた。よかったと思った。

その夜、妻といろんなことを話し合って、なかなか寝つかれなかった。

それから四五日経った今、私の気持はひどく滅入ってしまっている。それは、気ぜわしい新聞記者達とのインタビューや、新聞紙上に一身上のことをいろいろと書かれたり、喋った言葉が、変ったニュアンスの文になっていたりすることに原因があるのかも知れない。

それから又これからは、あまり変なものは書けないという気持も手伝っているのだろう。

しかし、やがて全てこんなことは流れ去ってしまう。私は、私のペースで、自分に納得できるものを書いて行こうと思う。出来るものなら、少しずつ質を上げて行きたい。

最後に、私の書き始めの時から、常に面倒を見てくださった江戸川先生に心からお礼を申し上げたい。先生の力がなかったら、私は今小説を書いていない筈である。

それから、前から私を励ましてくださった中島さん、渡辺剣次さん、島田さんそのほかの方々にお礼を申し上げる。又今まで、勇敢にも私の文章を活字にしてくださった出版関係の方々にお礼を申し上げる。


『日本探偵作家クラブ会報』175号（昭和37年4月1日）

「受賞の決った日」校訂について

受賞の言葉「受賞の決った日」は、初出紙『日本探偵作家クラブ会報』175号を底本とした。

改行時の読点を補ったほか、「仮名づかい」は「現代仮名遣い」（昭和六一年七月一日内閣告示第一号）にあらためた。

人の世

推理小説は謎を楽しむ文学です。その謎は大抵一人の人間が——まあ犯人ですけど——作り出します。

でも、ある時思ったのです。この世には大勢の人が住んでいて、一人の人はいろんな人に別々のかかわりを持っており、その別の人もまた、いろんな人とかかわって生きております。

だとすれば、ある数人の互に無関係の人達のしたことが組み合わさって、特定の人に悲劇をもたらす事があるかも知れないと考えてこの作品を書きました。そうなると、何故(なにゆえ)そうなったのか当事者達には分りません。つまりそこに謎が生れるわけです。

しかしよく考えて見ると、結果が悲劇になるかどうかは別にして、世の中の出来事というものはそんな風にして生れるのじゃないでしょうか。実は私の身にもそうした事があったのです。

私が最初に書いた「犯罪の場」は自分で書こうという意志で書いたものです。しかし次が書けなくて、一緒に当選した山田風太郎さん達の活躍を見て、自分には才能がないのだなと妙に納得して書くのをやめました。それが又書き出したのには、自分の意志というよりいろんな方々の関わりがあったのです。

私事ではありますが、この作品の後書きとしては許されることと思い、ここに書いて見ます。話は、大学の建築材料学の教授であった浜田稔教授が、火山から出る軽石を使った軽量コンクリートの研究をされていた事から始まります。昭和二十年代の話です。日本には火山が沢山ありますが、使われていたのは主に、浅間山、榛名山、大島などの軽石で、浜田先生以外にも、何人かの研究者が居りました。そうした研究論文を元に、建築学会でも軽量コンクリートの標準仕様書を作って、それで建てた建物もありました。

浜田先生がお使いになったのは、浅間山の軽石でした。それでその調査の為に軽井沢へよく行かれたようです。軽井沢に星野という温泉旅館があります。今少し名前が変っていますが、そこでは副業で軽石も扱っていたので、先生はよくそこへ泊られたようです。

今度はその旅館の話になります。旅館には婚期を迎えた女性が居りまして、その婿さん探しを、昵懇になった先生にお願いしたのです。当時はよくある話でした。

それからもうひとつ、星野旅館は東京の西池袋に四百五十坪ばかりの土地を持っておりました。終戦直後の焼け跡を買ったようです。何故軽井沢の旅館がそんな所に土地を買ったのか。

これは全く私の想像ですが、軽井沢には政治家や事業家らが別荘を持っております。星野の当時の主人は、なかなかの交際家でそういう人達と付き合いがあったようです。それで情報を得たり、あるいは「今買っとくといいぞ」と勧められたりしたのかも知れません。この話の上で大切なのは、これは全くの偶然なのですが、その土地が江戸川乱歩先生の屋敷に隣接していたことです。

それで次は私の話になります。

私が大学を卒業したのは、戦時中の昭和十七年で、就職先は中国東北部にあった日本の傀儡国家満州国の大陸科学院でした。尤も卒業するやいなや軍隊に取られましたので勤務はしませんでした。何れにしろ敗戦と共にそんなものは無くなりましたので失業し、大学に相談に行きました。

その時大学では卒業生の就職の相談を浜田先生がしておられたので、そのお勧めで住宅営団に入りました。営団と云うのは、今の公団のようなもので他にもありましたが、これが占領軍総司令部（ＧＨＱ）から戦争協力団体だと認定されて解散させられました。この営団にいる時に「犯罪の場」を書いたことになります。そして後が継かなくなって諦めたのもこの頃です。

ともかく営団が潰れたので、そこの先輩と共に民間の建設会社に移りました。そして八戸の米軍飛行場基地や、戦後日本の復興の為に重要であった石炭増産の為北海道夕張の炭坑住宅の建設現場で働きました。私の仕事は構造計算です。卒業論文も構造の武藤清教授にお世話になりましたのでこれは学生上りでも出来るのです。しかしそれが済むと金勘定しながらの現場施工です。これは全く出来ないので会社を辞めて東京へ戻り、又先輩を頼ってその頃新しく出来た特別調達庁に入りました。占領軍のサービスをする所です。

東京へ戻って暫くしての事だったと思いますが、或る日私宛てに職場へ浜田先生の奥方から電話がかかって来たのです。

「聞くところによると、あんたはんまだお一人やそうやね。一度うちに寄りなはれ」

というようなものでした。

浜田先生にはその後個人的にも仕事の上でも大変にお世話になりましたが、その頃はまだ卒業生の一人として以上の関係は無かったのです。今のような卒業生名簿もありませんから、よく私の居場所が分ったものだと、ちょっと奇異に思ったのですが特に詮索はしませんでした。

それから先の事は他にも書きましたが（論創社発行『飛鳥高探偵小説選Ⅲ』インタビュー）浜田夫妻の紹介で星野温泉の娘と結婚することになり、アパートやマンションに直ぐ入れる時代でないものですから、乱歩先生の隣の星野の土地にあった物置小屋に手を加えて住むことになりました。そこに世帯を持つと、乱歩先生の奥さんの隆さんが、私の家内とのお喋りによく見えました。そして家内を通じて私に又書くように勧めて下さいました。それで、私も元々好きな道でしたから、又書くようになったというわけです。

結末はそういう事ですが途中で繋がってない所があります。なぜ浜田先生の奥方から私の所へ電話がかかって来たのでしょう。「聞く所によると」とは誰に聞かれたのか、その辺をはっきりさせようと思って、七十年前の記憶を呼び戻しました。

二人の友人が出て来ました。一人は戦友で一人は大学の同級生ですが、二人の間には何の関係もありません。戦友というのは学生上りで戦時中速成教育されたパイロットの生き残りで、付き合っていたのが東京に数人居ましたがその内の一人です。インタビューでも名前を出しました汐澤隆君です。

北海道から帰った私は、「犯罪の場」を書いた根岸のお寺に居りましたが、何時までもそこで厄介になっているわけにもゆかず、行く先を捜しておりました。

するとK沢君が「行く所がなかったら俺の居る所へ来い」と言って彼の下宿先に同居させてくれました。現在の町名でいうと文京区大塚五丁目あたりになります。何故彼がそこに下宿していたかというと、彼は拓殖大学の卒業生だったからです。拓殖大学は下宿から直線距離で九百メートル。当時は傍に路面電車も走っていましたし、歩いても行ける距離です。で、社会人になっても昔馴染みの所へ入ったのだろうというのが私の想像です。

何れにしろ、その場所というのが、この話の上では非常に重要なのです。若し彼が慶応大学の卒業生だったらこの話は成り立たないかも知れません。

というのはその場所から歩いて数分の所にもう一人の友人の家があったからです。彼はもう亡くなりましたのでK君とします。多分学生時代から彼の家を知っていたように思いますが、塗装業をやっていて彼は跡を継いでおりました。すぐ互に行き来を始めました。

彼は浜田先生に卒業論文を診てもらいました。しかし普通の者はそれだけでは卒業後も先生の私宅に出入りするようにはなりません。彼は麻雀好きだったのです。あとで知ったのですが、浜田先生も徹夜でもやるという程麻雀好きだったのです。K君は時間は比較的自由な身ですから、よく浜田宅へ呼ばれ麻雀に付き合わされたようです。

その先生が婿さん探しを頼まれれば、「おい、友達に誰かいないか」と、麻雀しながらでもK君に尋ねるでしょう。そうすればK君は日頃付き合っている私の事を話すでしょう。今の状態とか、何処に勤めているかとか。それで「聞くところによると……」という電話が私の所にかかって来る訳です。

以上を簡単に言いますと、私に二人の友人が居て、一人は拓殖大学の卒業生であり、一人は麻雀好きであったので、私が小説書きを続けるようになったということになります。

これだけ取り出すと奇妙な話に聞こえますが人の世の出来事というものは、本人の知らない所で、そういう風に動いているものじゃないでしょうか。


（書下ろし）

〔著者〕

飛鳥　高（あすか・たかし）

1921年、山口県生まれ。本名・烏田専右（からすだ・せんすけ）。東京帝国大学工業学部卒業。工学博士。1946年、『宝石』の懸賞探偵小説に「犯罪の場」を投じて入選、翌年、同誌で作家デビュー。短編と並行して「死を運ぶトラック」(59) や「死にぞこない」(60) などの書下ろし長編を精力的に発表、62年に長編「細い赤い糸」で第15回日本探偵作家クラブ賞を受賞する。75年にコンクリート工学の研究で日本建築学会賞受賞後、本業多忙のため短編「とられた鏡」(76) を最後に断筆状態が続いたが、1990年、旧友が出版社を立ち上げた記念に長編「青いリボンの誘惑」を書き下ろし、久々に新作を発表した。2001年、日本推理作家協会名誉会員となる。

細い赤い糸（ほそ あかい いと）

2020年2月5日　初版第1刷印刷
2020年2月12日　初版第1刷発行

著者　飛鳥　高
装丁　奥定泰之
発行人　森下紀夫
発行所　論創社

〒101-0051　東京都千代田区神田神保町2-23　北井ビル
TEL:03-3264-5254　FAX:03-3264-5232　振替口座 00160-1-155266
WEB:http://www.ronso.co.jp

校訂　浜田知明
組版　フレックスアート
印刷・製本　中央精版印刷

ISBN978-4-8460-1885-6

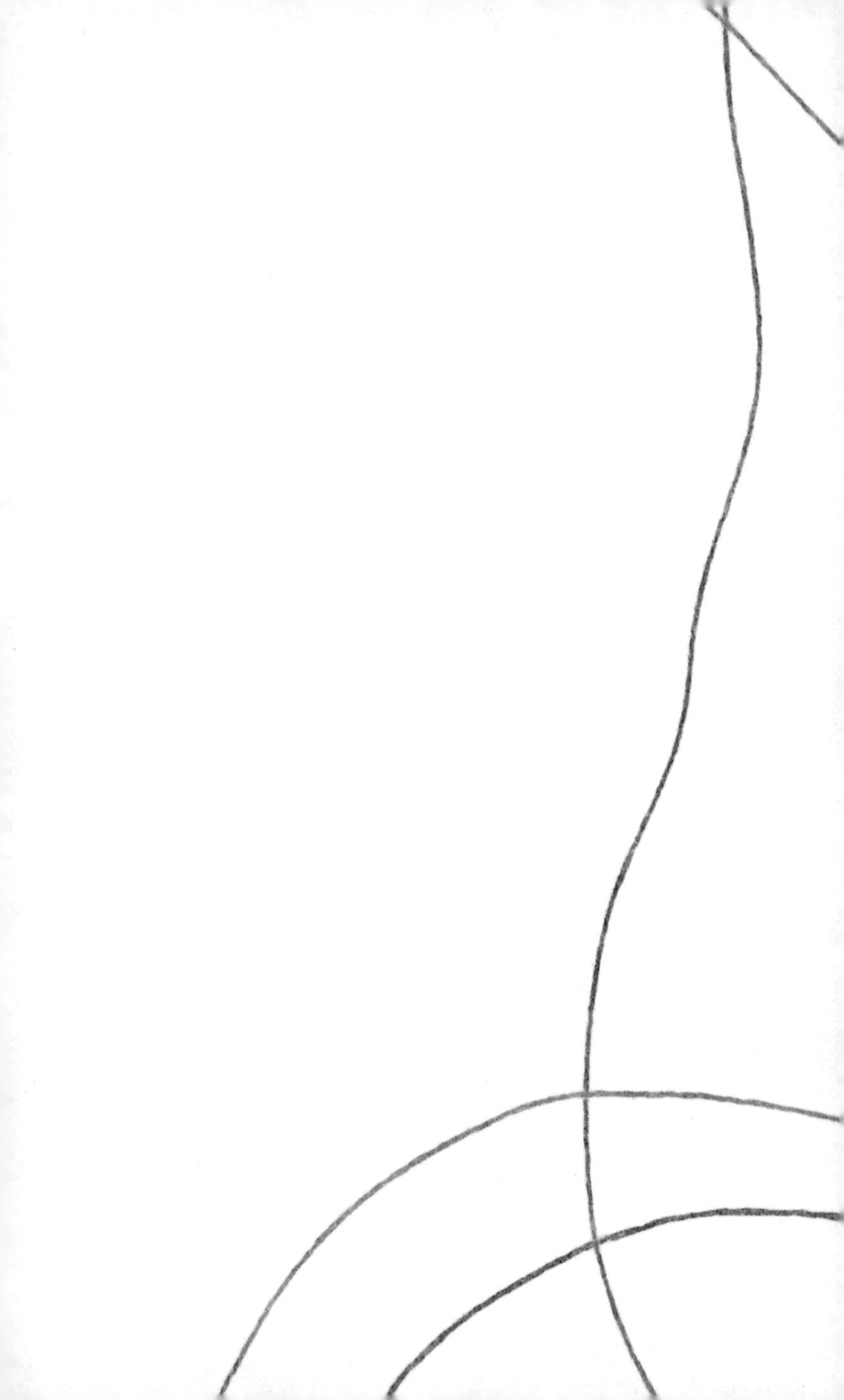